CB140980

OLHOS CASTRADOS

Paulo Ribeiro

OLHOS CASTRADOS

Coleção Ciclo de Oaio
Kotter Editorial

Copyright @ 2018 Kotter Editorial
Direitos reservados e protegidos pela lei 9.601 de 19.02.1998.
É proibida a reprodução total ou parcial sem autorização, por escrito, da editora.

Gravura da capa: Paulo Ribeiro
Revisão: Germano Weirich
Projeto gráfico: Fernando Ribeiro
Produção: Cristiane Nienkötter
Editores-assistentes: Raul K. Souza e Valsui Júnior
Editora-adjunta e capa: Bárbara Tanaka

Editor: Sálvio Nienkötter

Dados Internacionais de Catalogação na Publicação (CIP)

Ribeiro, Paulo
Olhos castrados / Paulo Ribeiro. - Curitiba : Kotter Editorial, 2018.
84 p.

ISBN 978-85-68462-77-5

1. Literatura brasileira I. Título

CDD B869

Texto adequado às novas regras do acordo ortográfico de 1990, em vigor no Brasil desde 2009.

KOTTER EDITORIAL

Rua das Cerejeiras, 194
CEP: 82700-510 — Curitiba — PR
Tel. +55(41) 3585-5161
www.kotter.com.br | contato@kotter.com.br

1ª edição
2018

ÓLEO SOBRE **PRANCHA** 1

— Me dê um filho.

O pedido daquele homem aos 97 anos (breve faria 98) não encontrou na jovem de 19 anos nenhuma expressão de surpresa. Ela já queria mesmo ter um filho com ele desde a primeira vez que o encontrou na casa da família Cadega em Oaio do Sul.

— Sim. Eu te darei um filho. Será o nosso filho — respondeu com mansidão tomando em suas mãos os dedos murchos, carcomidos, os filetes de veias azul-violeta que se sobressaíam no dorso raquítico daquela mão acostumada a solar, solar, solar até o sangue verter se o jazz se estendesse pela noite de sábados adentro como de costume.

Piriririiiiiiiiiiiiiiiiiiiiiiiiiimóooooooooooooooooooooooo, o rouxinolzinho se acordou então naquele instante da madrugada e no alto de uma árvore cantou.

Piriririiiiiiiiiiiiiiiiiiiiiiiiiiimóooooooooooooooooooooooo, o rouxinolzinho no alto de uma árvore.

A moça pisou então nos astros distraída com aqueles dedos murchos nas mãos.

E Esperança, a sobrinha caçula do Seu Mario Clemêncio, disse, *my dear, my dear, my dear!*, e abraçou com força a jovem italiana que aceitava gerar com o mais "querido" da casa o futuro primo ou prima, fosse lá.

E a cidade inteira, estendida ao principal, o 1º Distrito, o Fundo das Almas, fez um "Óh!".

Fizeram o "Óh!" mais uníssono, fofoqueiro, fofoqueiro e como um coral afinado se espalharam as três simultâneas notícias: o preto e a branca noivariam, casariam, gerariam um filho.

Soshanna Morinni chegara em Oaio meses antes, acompanhando o pai, engenheiro, que viera instalar a Estação Hidráulica, a canalização de água potável de toda a Oaio do Sul.

O presidente Juscelino Kubitscheck, dois anos antes, 1957, num só canetaço transformara o Fundo das Almas, na serra gaúcha, no primeiro município "irmão americano", num acordo assinado com o governador de Ohio, C. William O'Neil, que de corpo presente se fez no Rio.

Fundo das Almas passava a ser Oaio do Sul e uma leva migratória de norte-americanos logo chegou como o combinado e já assinado. E também que se combinava que o prefeito do primeiro município norte-americano em terras brasileiras seria igualmente vindo de lá, da Ohio original.

Gordon Burton e sua linda mulher, Marizy.

E, nunca se soube com que tal poder de persuasão, arrancara de Turim uma das mais esplêndidas cabeças, e o Engenheiro Hidráulico Gioacchino Morinni, acompanhado da sua bela e única filha, chegou em Oaio do Sul.

Viuvez.

Viuvez entalada na garganta foi o que lhe trouxe para aqueles Cafundós do Judas, pois não conseguia suprimir a falta e as febres que sentia desde que a sua Dalita, jovial, esbelta, um sopro de vida cotidiano, insuportavelmente (na Itália) de uma suposta reversão de tuberculose morreu.

Palheta que se joga para a plateia depois de uma session de jazz de duas horas e meia de duração.

Palhetas que se jogam para a plateia depois de debulhar a guitarra uruguaia e ver que ao seu lado o violão de sete cordas os dedos chegavam a sangrar.

Era Bento Gioacchino.

O filho de Clemêncio e Soshanna se chamaria Bento Gioacchino.

Palheta com que se solou de coração o coração.

Bento, o avô paterno, o marido da lendária Maria Amara, mãe dos "Cadega" e escrava liberta, graça que Bento alcançou mas não usufruiu. Ex-escravo morrer de sarampo naqueles antigos tempos era normal.

Gioacchino.

Ora, Gioacchino?

Gioacchino estava ali. Estava ali a comandar cerca de 20 homens na abertura de valetas, valos, bueiros e valões.

Água para uma Oaio do Sul sedenta por um futuro que da AMERICA lhe acenaram e que o JK a ideia comprou.

Juscelino comprava muito. Para construir Brasília, dizia-se, comprava tanto cimento que o mesmo caminhão de cimento passava na mesma balança, uma, duas, três vezes assim.

Comprava muito o Juscelino. Comprava cimento, comprava vigas, barras de concreto, Juscelino, diz-se, para a construção de Brasília tinha Notas Fiscais até mesmo de lençóis.

Os lençóis alvos, brancos, sedas. Nos travesseiros de carmim e carmesim Soshanna e Clemêncio repousaram suas cabeças gentis.

Os dois corpos pelados, uma luz de cobre baixinha, contrastava soberanamente o preto-escuro dos dedos murchos e sensíveis do velho já quase centenário a percorrer a pele alva — uma alvura de Borgonha nascida em Turim — que era Soshanna repousada ali.

Era a mulher mais linda que em Oaio já pisou.

Ginasta em Turim, frequentava uma Escola de Circo, Soshanna tinha as coxas robustas e a rigidez de suas coxas excitava, além do Gênesis bíblico, o virtuose das sete cordas que ela tomava em seus braços e suas mãos.

Milagre de Deus os dois.

Um adocicado de cereja Soshanna sentiu no Céu da Boca quando o Clemêncio, o pau duro, pau que se potencializava a muita gemada fervida e tomada ainda quente a ferver, a penetrou.

A cabeçorra do membro de Clemêncio invadiu com suavidade aquela fortuna que era, fortuna subterrânea, a mais íntima intimidade da italianinha se entregando ao amor.

E ela sussurrou de dor. E ela sussurrou de dor. E ela sussurrou de dor.

A cabeçorra daquele velho negro de 97, até onde ela ainda refletia racionalmente sob à meia-luz de bronze, era uma surpresa para Soshanna, sim.

Não esperava tanto.

E, súbito, de novo, no meio da noite mais linda deles, o rouxinolzinho no alto da árvore cantou:

Piriririiiiiiiiiiiiiiiiiiiiiiiiiiiiiimóoooooooooooooooooooooo.

Bento Gioacchino era jambo, um moreno como que se de uma tela de Ticiano tivesse pulado.

O pulo da puma. Numa tela intitulada *Alegoria da Prudência*, Ticiano põe abaixo em primeiro plano, um leão, suas dentarras, já pronto para o salto.

E pintou também dois guepardos, os couros amarelo-brasa salpicados de pintas pretas, a puxar o carro que traz Baco, o deus do vinho, numa de suas conquistas amorosas.

Ticiano pintara telas com 103 anos, com velas presas ao chapéu para poder de madrugada terminar. Sentia a emergência da vida, que a morte é castração.

Bento Gioacchino era fruto de Ticiano com velas presas ao chapéu.

Jambo. A pele moreno-clara e os olhos azuis da mãe com aquela apetência que assombrava.

Os cabelos cacheados eram cacheados volumosos e, quando jovem, já atingiria os 1,79m da própria mãe.

Bento Gioacchino conviveu com o pai Clemêncio apenas cinco anos. Aos 103 anos — seu primeiro herói, Ticiano, viveu mais — Clemêncio morreu.

Morreu cansado, não doente, morreu de fartura de vida. Morreu murchinho e quase já morto de sono na hora em que de Soshanna e de Bento se despediu.

Restava a italiana e o filho.

Gioacchino, o pai, engenheiro, nestas alturas avançara muito e já quase finalizara a canalização da água em Oaio do Sul.

Adorava de adoração maior o neto, mas pouco se fazia presente. Continuava na velha mania de, nos finais de semana, se embrenhar nas matas, aguadas, correntezas d'água tão férteis e as centenas de cachoeiras de Fundo das Almas e adjacências do Rio Retalhado por lá.

Gioacchino era a própria invenção da paciência e serenidade — procurem de novo no Gênesis que ele vai estar lá. Na hora da invenção da paciência, serenidade e paz geral.

E era inexplicável então o gênio de Bento: genioso, esquentado, violento, partia desde jovem ginasiano para as vias de fato por qualquer dá cá aquela palheta que sobrasse pelo chão.

Diferente. Tão diferente do seu avô vivo.

E Seu Chico Velho Aguateiro continuava sendo o guia do engenheiro Gioacchino. Era o seu Norte em Oaio o idoso solitário de sapatões de solas duplas, que convivia com leão baio e urubus.

Seu Chico Velho era "aguateiro" porque encontrava água nos campos para os fazendeiros que de mais água precisassem com uma forquilhinha na mão.

— Sabia que teu avô Gioacchino conviveu com o Ícaro?

A pergunta feita a Bento já adolescente deixou o jovem inquieto com o queixo na mão.

— Pergunte ao Huga. O Huga vai te contar tim-tim por tim-tim quando o Ícaro caiu aqui em Oaio, ainda Fundo das Almas, por causa de uma tempestade de neve.

E Seu Chico Velho contava ao Bento, os dois sentados num banco da Praça Frei Leão de Montsapey, que foi por uma trama do avô do jovem com a NASA, Ícaro e mais uns quatro de Oaio, que invadiram de madrugada como extraterrestres um Batalhão Militar, em São Paulo, numa fortaleza litorânea de Santos, de Santos, sim.

Era o tempo da Guerra Fria e isto era o Huga Drecker que sabia melhor lhe explicar:

— Pergunte ao Huga, Bento. Eu acho tudo verdade, mas teu avô e o Huga acham isso crendice de gente sem miolo com tanta gente sem miolo por aqui.

A aproximação do jovem Bento com o professor Huga Drecker é um capítulo especial.

Antes, porém, haverá uma mocinha triste, nua, estendida nuns lençóis para Bento com lápis de todas as cores o seu corpo revelar.

Bento, idiota então, como todo jovem idiota ouvia a programação musical da Rádio SORRI de Oaio do Sul.

Por acaso, certo dia, ouviu a seguinte locução:

É que a Algacir, um dia, ligou pra Rádio SORRI e disse que queria ouvir *Tu* — com o Julio Cesar.

A Algacir disse que estava triste e a música era só para ouvir.

Bento estava sintonizado e escreveu numa tirinha de papel aquele nome: Algacir.

E passou a procurar no Ginásio, na Vila Guadalupe, perguntou 200 vezes à mãe se a conhecia.

Mas ninguém, ah!, nem o Seu Chico Velho sabia filha de quem esta era.

"Idiota!".

A Billie Benett, por acaso meio sua amiga, que Bento só cultivava meias amizades por seu gênio difícil, disse:

— Mas tu é um leso mesmo, Bento. Era só me procurar na rádio e eu ia te ajudar. Se ela ligou pra rádio é claro que eu sei quem é.

— Não sorria! Isso. Fique triste. Feche os olhos!

Bento logo convenceu a jovem Algacir a ser a sua modelo e aquele corpo magrelo, as coxas esquálidas e tão juvenis, os joelhinhos que pareciam quebrar se Bento os mirasse uma segunda vez, apareciam em cartões, cartolinas, em várias folhas de desenhos que Bento ia encaixotando, sempre longe das vistas da Soshanna que seguia sem nada saber.

Queria ser pintor.

Iria ser pintor.

E pintou a tristeza de Algacir num azul-céu.

E pintou os olhinhos fechados de Algacir cinza-fosco com bastante borrão no esfumaçar.

E Bento desenhou uma imensa variedade de saias justas à altura dos joelhos e casaquinhos no mesmo conjunto, que jamais se repete no vestir. Usou tope nos pescoços e carregou na maquiagem para muitos olhos verdes acabarem no seu baú.

E, capítulo à parte, já enchia caixas e caixas de desenhos ainda sem cruzar mais seriamente com o pessimista Huga Drecker, que, mais que professor, era um alcoólatra que bebia rum num cantil.

Até chegar ao Huga, o "idiota do Bento" desenhava imerso num galpãozinho escondido na casa do avô (que pensava se passar por lá outras coisas mais sentimentais e jamais poderia supor). E desenhava rostos salpicados de espinhas e avermelhados, escolhia as colegas de Ginásio com espinhas. Eram as suas preferenciais.

Quantos olhos esverdeados!

Verdes pálidos.

Verdes de Paris.

De onde que este verde tanto verde buscou?

O prefeito de Oaio, Mr. Collius Singleton, zeloso pelo seu cargo e suas atribuições, de vez em quando dava umas incertas na rádio para saber do Gago Trindade como estavam indo as coisas. Se a funerária pagava certinho A PUBLICIDADE, "não iria cair em contas mortas", e riam, riam, lá.

O prefeito era zeloso. Queria mesmo saber dos jovens ouvintes. E Bento, também zeloso, fazia igual.

Queria saber pela locutora quem era Annie?

Quem era Aline Marlowe?

Quem, Deus, Celina Meireles???

Fazia delas, com a ajuda da locutora, as suas modelos no galpãozinho do avô.

E pintava cabelos cacheados, celestes, brilhantes.

E desenhava a típica prenda, de vestido de chita e tudo o mais numa cor ardósia-escuro, bah!

Era igual.

A praga tinha nascido com a faísca de ser pintor.

Era um romântico, apesar de genioso, e só precisava de orientação.

E tanto insistiu num encontro reservado com o professor Huga Drecker, fora do Ginásio, que topou em condições.

— Não me venha falar de crendices, de mulher de máscara negra ou de Ícaro caído na torre da igreja. Estas coisas banais.

Bento consentia.

— E não volte a falar comigo sem antes ter lido e relido este texto aqui.

O Mundo Como Vontade e Representação.

Arthur Schopenhauer.

Mario Clemêncio Crescêncio.

Ah, quanta revelação!

Estava tudo ali em Schopenhauer o que Bento já intuía por gene e hereditariedade do virtuosismo artístico do seu negro velho pai.

O desejo, o pau-duro, a vontade de procriar é o mal da humanidade, segundo Schopenhauer.

E a Ideia (com "I" maiúsculo) é o que deve fazer esse pau brochar. A Ideia, vá lá, a razão.

O senso comum, quem não tem a faísca do gênio artístico e o dom da representação do mundo triste e real, pois o senso comum não encontra sentido na vida. Não sabe o que é que é que está fazendo mesmo aqui.

E, como bichos, instintivamente, raciocinam que só na procriação, no legado, "no deixar um filho neste mundo", dá sentido ao seu viver.

E o Desejo (com dê maiúsculo, sinônimo de Vontade), se torna então o vetor de todas as vidas. O procriar. O foder. O fazer amor com fins de procriação.

Sentido para a vida.

E Schopenhauer ensina que, em tudo no mundo, mais particularmente no caso de Bento, a arte só acontece se o Desejo for soterrado pela Ideia. Isto é, pelo conhecimento.

A Ideia é adquirir o saber e é o que dá sentido à vida: e o sentido da vida é que ela não tem sentido algum.

Súmula do pessimismo.

Arthur Schopenhauer na veia.

E Bento aprendeu que, sim, até vinha fazendo certo: ter Aline Marlowe e Celina Meireles, nuas, pelinhos de coral claro seus pentelhinhos, penugenzinhas como alizarina nas suas bucetinhas sensíveis, e não endurecer o pau, não querer comer a tua modelo, é a genuína *representação* artística.

Isto é a Arte.

Já poderia voltar a falar com Huga Drecker e vê-lo dar os seus talangaços de rum direto num cantil que trazia atravessado como bolsa militar por cima do coração.

Sentado na Praça Frei Leão de Montsapey, Huga Drecker alcançou uma bolsa de couro oliva-escuro com 12 Volumes da História da Arte.

— É um presente, porque considero teus dois avôs!

Talangaço de rum, concluiu:

— Se estamos entendidos. Nunca acredite em mitos e crendices. E nunca coma a tua modelo no ateliê!

Desenho 1: costeletas densas e marcas profundas e distribuídas por todo o rosto, uma varíola que o modelo pegou. Os cabelos negros e longos e sempre trançados batem nas costas.

Desenho 2: cabelos escorridos, negros, finos. Um rosto que resultou num cara que, se não tivesse nascido em Ohio, na AMERICA, tinham de levar pra lá.

Desenho 3: Seu Chico Velho com uma forquilha marrom-sela, quase sépia, indicando com seu indicador murcho que cavassem que havia água no subsolo bem ali.

Desenho 4: Kalida Obetz era a americana típica. Os cabelos negros escorridos, repartidos ao meio, os olhos bonitões e verdes, ostentava o que se supunha ser só chacota das resistentes à migração em massa americana, mas era a mais pura verdade: a mulher só faltava levantar voo devido ao tamanhão dos dois seios. Peitos que eram tão grandes como balões assoprados, assoprados, assoprados, como são assoprados os metais numa sessão de jazz já na madrugada.

Era até então o melhor retrato que Bento alcançou.

Ia agora para o marido, o poderoso Archbold Obetz, sem contudo o seu rosto pintar. O rosto do "vil doleiro" nada lhe dizia. Negava-se ao rosto dele.

Desenho 6: Camiseta esportiva azul-escuro e ajustada por dentro da cinta. Sobressai-se a barriga protuberante, barriga gorda que esgarça o cinto de um cinza-claro, quase, mas já quase pendendo ao verde espectro.

O "vil doleiro" está de calças vermelhas, vermelhão brasa, fogo, carvão queimado com as brasas do inferno sendo as tintas do demônio.

Desenho 7: Junnya. A típica Ohio. Jaquetinha cheia de emblemas e cores azul-aço-claro e uma bolsa desalizada escrita "Beach Patrol" atravessada por cima dos seios.

Linda.

Loirinha.

Usa coturnos água-marinha-média e está só de calça jeans.

Desenho 8: Lyvie. Uns olhos amendoados que deus (a partir de agora em "dê" minúsculo) nunca repetiria igual. Usa tênis cenoura e uma antiga calça de brim azul-cobalto.

Casaco de couro preto molhado do James Dean e que no desenho dela ficou sensacional.

Sabem. Sensacional?!

Desenho 9: Northon. Northon Belbrook, entenderam?!

Era o líder dos "Cinco da Panela" e aquele desenho era uma desforra que ia acontecer no galpão-ateliê.

Olhos azuis, amorenado, era uns cinco centímetros mais alto que o Barlow que já media 1,67m.

Northon detestava Oaio do Sul.

Northon detestava qualquer coisa gaúcha e o lugar onde o seu pai Franklin McArthur Belbrook viera parar.

Seedy!, esbravejava o moço.

Barlow era ele, Bento?

Era.

Era um autorretrato?

Lamenta, porém.

Queria mais.

E Bento preferia ser Théodore Géricault. Os 12 volumes com a História da Arte já entrando no seu bucho, no seu estômago, no seu pâncreas, nos seus rins.

Vai urinar o que tanto observa depois.

E descobre *A Balsa de Medusa.*

E sabe que concluída a tela Théodore Géricault de fato enlouqueceu.

Raspou a cabeça com uma navalha e, apenas com 32 anos, não mais resistiu.

Ele naufragou ao se entregar aos náufragos. Conversou um a um com os 143 sobreviventes. Foi aos hospitais se compadecer com os feridos. Foi ao necrotério conhecer o rosto dos mortos.

Só depois pintou. Só depois plasmou o que ia ser a sua sentença de loucura e morte. A sua paleta com uma brutal denúncia pela negligência constituída: a fragata, o navio náufrago era responsabilidade do governo francês.

A Balsa de Medusa é uma espécie de "J'Accuse!" de Théodore Géricault.

E é também um Caravaggio do princípio ao fim: nos músculos e as muitas camadas de músculos torneados vêm encimadas por rostos desencantados e desencantadores.

É o trágico.

E um romântico na composição, veja-se só.

A Balsa de Medusa é um aceno de socorro da humanidade em geral.

E Bento raspou a cabeça.

Sua mãe não estranhou.

Além de uma vultosa quantia em dólares que já guardava, Bento sabia que Soshanna, com perspicácia, sabia negociar muito melhor que o seu "romântico" avô.

"Um engenheiro romântico, imagine só!". Seu Huga Drecker desdenhava ironicamente deste hiato na boa ascendência do Bento Gioacchino.

Perspicaz, Soshanna há muito percebera que, abandonar o Ginásio, tornar-se íntimo do pessimista, tinha lhe tirado o Bento Gioacchino que imaginou com seus dólares despachar para Turim.

Já beirando à maioridade, Bento trabalhava apenas, vamos considerar, artisticamente. O que para Oaio do Sul era sinônimo de vadio.

Vadio e, agora, a pedir dinheiro pra mãe na maior sem cerimônia.

— E compre uns pinheiros, mãe. Mas, pinheiros centenários. Largos. Com a seiva bordô sangue do diabo se derramando no atorar.

— Que jeito de falar é este, Bento?

— Vou precisar, pra começo, de uns cinco pinheiros, mãe.

E disse que Soshanna também é quem deveria ir na *Industrial Madeireira* pedir que fizessem as pranchas como ele desejava: "Quero pranchas de 8 metros de largura, por 4 de altura. Nem menos, nem mais. Determine você isso lá!

Chamou USINA DOS TOUROS ao seu ateliê agora reformado no galpãozinho na parte dos fundos da casa do avô.

ÓLEO SOBRE **PRANCHA** 2

A Orazília Benzedeira dizia por toda a Oaio que o que fizeram com o primo e afilhado dela não se faz para um homem.

— Eu sou mandingueira velha. É sagrado. O que fizeram com ele não se faz nem na pior bruxaria.

Orazília era índia. Tinha o rosto fininho, vincado, vincado pela idade e um corpo miudinho, de boa ou má rezadeira, dependendo do episódio sentimental com que se defrontasse.

E ela revelou, ainda dos tempos de índias velhas, o seu lamento por cortarem fora o pênis do seu afilhado querido.

E lamentou ainda mais porque não a chamaram em tempo, que ela "costurava".

— Ele é meu primo e afilhado — disse assim por toda a semana em cada lugar público por onde entrasse.

Em casa, sozinha, ajoelhou-se e começou a recitar uma ladainha estranha, esquisita, contrita:

Em nome de São João Maria
Trago o feno marrom-rosado
E eu te costuro, homem castrado

Em nome de São Cipriano
Eu bato com meu cajado violeta-azulado
E eu te costuro, homem castrado

Em nome da Virgem Santa Gertrudes
Ofereço o seu santo rosário em cobalto
E eu te costuro, homem castrado

Em nome de um sírio que não tinha sombra
Em raio de sol amarelo-esverdeado te banho
E eu te costuro, homem castrado

Com o perfume dos trevos roxos, das rosas negras e dos lírios alaranjados
Eu te bezentuo, homem castrado
E te abençoo

E te dou a enchente com um céu violeta-escuro.

E te dou o vento que vem rasgando por baixo num tufão da cor chocolate.

E te dou o tremor do trovão no azul mais petróleo.

E te dou a melodia da música turquesa escura em meus ouvidos eu te dou os meus ouvidos para que você ouça a música turquesa escura.

E ouça. E ouça.

Eu te dou a surdez da viúva.

E te dou o latir dos cachorros tomados de pulgas e receba mil e mil vezes.

E eu, que te banhei numa bacia de lata te dando um santo nome, te dou os colhões azul-marinho dos porcos pretos manchados de branco e te dou as batatas das girafas-macho férteis.

E te tiro a dor e a dor o meu coração de tua madrinha eu trago, Sebastião querido!

Ninguém chamava ao Sebastião de Sebastião.

O Sebastião em Oaio, por beber muita cachaça em plena luz do dia, e todo dia, todo dia, era X. Otta Pinto.

X. Otta Pinto por tudo.

Em Oaio cidade, em Fundo das Almas, 1º Distrito e mais largo, em Industrial Madeireira & Cia Ltda, ao Nordeste de tudo, onde havia os centenários pinheiros da terra.

Sebastião nascera em Industrial Madeireira, o 4º Distrito, depois que Fundo das Almas virou Oaio de Ohio, por imposição do presidente Juscelino.

Era o Sebastião desaparecer das ruas de Oaio, todos já sabiam: foi para a Industrial.

Não tinha como não perceber a sua ausência.

E não tinha por um detalhe bastante expresso: o X. Otta Pinto tinha o dorso teso. O dorso, os ombros, o tronco do moreno era todo teso.

Andava sempre em linha reta, não tinha nenhum gingado e, quando dobrasse a esquina, parecia que a esquina para ele era uma coisa quadrada.

Teso. Olhando em frente. Só se ia no embalo de uma perna atrás da outra.

Que um homem teso do tronco e pescoço, omoplata e mesmo na altura dos ombros, anda sem molejo que seja, e as pernas que andam sem molejo, são pernas atrás de outras pernas, embora ele só tivesse duas e parecesse ter bem mais.

Como não notar ausência sempre tão presente na visão de todos?

Sumia-se para a sua Industrial querida e levava junto o maldito vício da cachaça braba.

E, lá, certa noite, pouca luz, 4º Distrito, dormindo ao relento, ao lado de um bar e mercado, o X. Otta Pinto nem decerto soube o que pra ele preparavam quando lhe afrouxaram a cinta e lhe abaixaram as calças e as cuecas.

Estava dopado de tão bêbado que nem um "aiaia", diz-se, que ele disse.

A lâmina aço azul-claro com um risco de lua cheia em azul-celeste, por acaso, a lâmina de tão afiada foi quase só um tizzzzzzzzzzzzzzzzzzzzz!

Um dos quatro lhe segurava os ovos, batatas, colhões, testículos, o que seja para cima e um terceiro lhe pegava o pau pela glande e esticava o murchinho do pau do bêbado para a frente.

Um segundo trazia a maldita da faca afiada, adaga, serpente, o faiscar do olhar do puma mais raivoso e tizzzzzzzzzzzzzzzzzzzzzzz!

Castram o moreno velho!

Que o sangue que esguichou foi volumoso, porque no pau se concentra muito sangue e que aquele sangue coagulado do X. Otta, decerto do álcool por ele introduzido diariamente, era um sangue escarlate, um sangue esmeralda, um sangue grená macilento, um sangue vermelho-médio, um sangue meio violeta e coagulado como ficaram os olhos de Jesus Cristo, depois de crucificado, seus olhos de sangue meio violeta e coagulado na cruz.

Um bom casal de bom coração, e também bons vizinhos, ao verem de longe a judiaria — e ao constatarem que o mau era mau do mais maldito — ligaram logo a Rural velha e botaram o Bastião Otta na parte traseira.

E que se foram estrada afora com aquele homem castrado e sem um ai de Nossa Senhora que se ouvisse dos lábios dele.

O Clínico Geral de Oaio apenas lhes disse depois de fazer a higiene que, "sentia muito". Se havia o que fazer pelo Sebastião, ele já havia feito.

Havia suturado o que sobrou de seu pênis, Ó Glória!, e o que sobrou do seu pênis não era mais nada.

— Naquele escuro que deixaram ele, até que procuramos o pedaço cortado, mas não encontramos nada. Doutor, acho que até levaram junto — revelou o bom homem do casal, que o moreno conduzira até o Hospital de Oaio.

— É isso! — disse-lhes o Dr. Caio da Paixão, o Clínico Geral da cidade.

— É isso — disse-lhes Soshanna, de chapéu requintado, postura de italiana elegante, ao dizer a exata dimensão do que ela precisava — Quero pranchas de 4 metros de altura por 8 de comprimento.

A Industrial Madeireira & Cia Ltda era a maior serraria na extração de araucária em Oaio do Sul. Pertencia ao Rodolfo Kastrup, que tinha outras empresas terceirizadas no ramos do parafuso e porcas, mas que investia muito na exportação de madeira.

A Industrial tinha dois braços. O corte dos pinheiros, no próprio 4º Distrito onde o X. Otta nascera, e uma Oficina Especializada numa rua secundária de Oaio.

E Kastrup tinha, além disso, o seu casarão, o mais bem-acabado de Oaio, e aquela filha Rafaela, que era a única no lendário local ao chegar aos pés de Soshanna de Turim quando jovem.

Os olhinhos azuizinhos cor de bolita, e pareciam mesmo bolitinhas, que Bento jamais conseguiu expressar.

Rafaela não gostava do seu jeito de agressivo metido a ser inteligente e nunca bola alguma lhe deu. Rafaela, seus coxões e bundinha tão bem-delineadas pelos jeans índigo blue, não sabia e nem tinha a menor curiosidade em saber sobre o tal "Galpãozinho" pra onde o moreno cor de jambo e olhos azuis transportava as suas amigas mais próximas ao Céu.

Era tudo mentira.

Bento jamais tocou um dedo no corpo de suas modelos, mas Rafaela era desconfiada, revigorava de medo os seus olhinhos e dizia assim: "Não me interessa em saber dele!".

Seus olhinhos, bolitas, quase se partiam como taça caída só ao pensar o que Bento se atreveria a fazer.

Lendário.

Eram quatro pranchas de 8X4 que a madame Soshanna viera encomendar.

E lhes dessem uma semana, que na semana seguinte já teria as pranchas bem como pediu.

O avô de Bento, o engenheiro Gioacchino, além de ser o "canalizador da água" de Oaio, no dia a dia era visto como "o gênio do faz-tudo", de instalação elétrica até aquela lenda que fez quatro cobaias-macho voarem ao lado de Ícaro numa expedição.

Lendário, mas que era "faz-tudo", era.

E não ia ser ao neto querido que ele iria faltar.

E Gioacchino, seguindo as indicações de Bento, desenvolveu num puxado também atrás da sua casa, ao lado da USINA DOS TOUROS, uma estufa para o ressecamento das imensas pranchas, que teriam de ser novamente lixadas até a melhor superfície sem viscosidade como o avô, perfeccionista, entendia que Bento desejava.

Sabia bem o que o seu neto pretendia: era uma prancha com a essência do papel, semelhante aos antigos tecidos, semelhante a uma tela de Ticiano, daquelas telas antigas e amareladas, do velho Ticiano a pintar com velas acesas no chapéu com 103 anos ou mais.

E perenidade.

Gioacchino avô, "gênio do faz-tudo", passou madrugadas inteiras pensando numa combinação de produtos químicos em que pudesse banhar as pranchas para a perenidade que deveriam assumir.

Eram pranchas para ficar para sempre.

Bento, de sua parte, deixava o avô absorvido na estufa com as quatro pranchas e ficava no galpãozinho a fazer experimentação: mistura de quatro em quatro cores e queria chegar no que chamava "a minha cor C".

Numa bacia média de plástico espremia bisnaga de bordô, castanho-avermelhado, limão e azul-perene. Era a "Cor A".

Em outra bacia semelhante, espremia novas bisnagas de azul-cobalto, violeta, alizarina e ciano-escuro. Era a "Cor B".

Em seguida, numa bacia maior, com fartura e de fato muito excessiva porção de óleo de linhaça ou terebintina (um dos produtos que não estivesse sempre "em falta" em Oaio) juntava toda a massa das cores "A" e "B" e, com uma pazinha de madeira, passava a remexer circularmente toda aquela massa de camadas de tintas que misturava óleos e outros tipos de absorventes, até o que ponto fosse o "C".

Era desta bacia maior que abastecia a sua paleta e se plantava em frente das pranchas previamente preparadas para os seus "melhores dias que vivi" em Oaio do Sul.

Madrugadas era melhor dizer.

O Castrado.

Nesta sua primeira prancha, um homem pardo, calças marrom-indefinido e arriadas e cueca de um branco cardo, está com as pernas estendidas, a zona escrotal à mostra e uma poça de sangue escorre ao pé da prancha.

Aqueles pernões que se estendiam nos 8 metros de comprimento eram um espanto: pernas de negro, pardas, com cabelos quase cor violeta quase azul-médio, esbarrava para o rodapé da prancha aquela lama de sangue que era aterrorizadora de se olhar: "o homem sem tiche de Bento (era assim que se chamava ao pênis em Oaio: tiche) vomitava da sua bolsa escrotal atorada ao fio de faca azul-aço-fino um sangue choque coagulado, um sangue choque bordô batido em azul-marinho e violeta-encardido, e variava pro grená, e variava por bordô-coalhado e se sucediam camadas e camadas de cores sombrias, escuras e todas nobres na busca do vermelho inicial.

O sangue de que fala uma página do Gênesis no ato da criação. Está na bíblia.

O homem sem tiche de Bento, em 8 metros de comprimento, era o Gênesis borrado de sangue e era ainda quatro metros de altura para que o homem moreno-escuro estendesse a mão para o alto como se pedisse a ajuda de deus nosso senhor.

O avô, Gioacchino, quando chamado pra ver a prancha finalizada, botou a mão no queixo e assim permaneceu.

Em silêncio em frente à prancha do homem castrado.

Gioacchino Morinni permaneceu em silêncio. Meditativo. E Bento, ao seu lado, não se atreveu nada dizer.

Diga. Repita comigo B. B.:

O caule verde afinado da angélica cor de quase sol após o eclipse.

O caule azul-céu do copo-de-leite alvo em seu matiz

O caule espreteado do antúrio vermelho de carmim.

O caule amarelo do trigo amarelo.

O caule violeta do figo espetado na galharia da figueira.

O caule que se funde ramo da esporinha escura-rosa e puxando para um verde-lavado na sua bucetinha no parecer.

O caule da Love Apple manchado de vermelho-castanho mas menos castanho que o avermelhar que há.

O caule da ervilha.

O caule castanho-claro do jacinto.

O caule âmbar de qualquer flor inominada.

O caulezinho esverdeadinho da laranja madura a se suportar num ventão.

O caule verde-militar da flor de viúva violeta.

O caule do peach verde manchado de vermelho do pessegueiro de Dona Tereza Poli.

O caule da ameixa.

O caule do lírio.

Repita Brigitte Bardot.

— Caule. Teu tiche, Bentinho meu!

E Bento então alcança o revólver a Sebastião:

— É um presente, Xota!

— Bentinho...

— Eu comprei em câmbio, sem registrar nenhum nome. Pegue!

— Mas nunca atirei.

— Treine escondido, longe, lá nos campos da Industrial.

— E depois?

— Você já sabe.

— Sei? — indaga Xota.

— Sim. Mate um por um. No escuro. Por trás, pelas costas. Mas se proteja sempre no escuro pra ninguém te reconhecer.

Sebastião estende a mão e apanha o revólver.

Nunca mataria ninguém. Era apenas um eunuco covarde e teso a andar pelas ruas de Oaio do Sul.

A maior injustiça que em Oaio, o primeiro município semiamericano, já se viu, diziam.

O juiz, na sentença da castração, lavrou a seguinte consideração: "*A vítima,* flagrantemente se comprovou, padecia de uma doença que se denomina zoofilia — e a sua castração se configurou como uma tentativa de cura e defesa do p*atrimônio imóvel dos acusados (a saber, suas vacas e éguas) frequentemente molestado pelo dito X. Otta de tal.*"

Arquive-se.

ÓLEO SOBRE **PRANCHA** 3

Podia um homem usar bombacha azul e botas amarelas no seu dia a dia?

Em Oaio podia.

Só que para Bento Gioacchino, aquilo podia só como resto, sobra, metade.

Bento, para executar a sua próxima prancha, há dias se refugiara na *Usina dos Touros* e meditava sobre a tela antes da sua execução.

E adotara esta técnica exótica: a técnica do resto, da sobra, metades, refugos, meios, coisas partidas e pessoas inimigas ou queridas só e somente assim: metade de corpo, metade de alma.

E lembrava:

Coitada da Isabel na harmônica!

E Isabel era apenas um meio rosto a tocar a gaitinha de boca ajoelhada aos pés do pai recém-morto no mar.

E imaginava o seu próprio pai Clemênio. Uma sombra no escuro a mostrar meia face apenas então. E esta meia face trazia pra noite um blues mais triste que existia no mundo e era a vez de a meia face de Isabel acompanhar o tio.

E não acompanhasse pra ver!

Coitado também do Tio Cadega.

Bento olhava agora para o chão do ateliê bem que nem olhava o Seu Tio Cadega que mirava o chão com um olhar triste, ele que era um homem de tão bom coração.

Homem de reunir a família inteira todo o sábado à noite pra tocar jazz.

Podia?

Podia um coração sensível desse nunca ter visto o mar?

Agora, resto, sobra, metade de coração só, podia

Ah, o mar!

Que grande velório fizeram depois!!

Ah, a aftosa!

Que outro grande velório!

Não vai o agora só corpo pela metade do Galileo Bicheiro, o Galileo Bombacha Azul, o Galileo das Botas Amarelas, o Galileo da Aurora me falecer bem mortinho de uma febre aftosa, que era doença que só dava em gado e não devia dar em gente?!

E, pior, com a aftosa já erradicada, com Oaio já informando através do prefeito Gordon — agora meio Gordon e só — à NASA e tudo.

E, então, a metade de boca da Orazília Benzedeira, prima do Galileo por causa da Aurora, a metade da boca da Orazília que benzia antes a aftosa de vaca, touro, terneiro manualmente, dizia na lembrança pré-prancha 2 de Bento que foi por pouco que ela não trouxe o Galila ainda de volta.

Que na noite, quase manhã da morte dele, tivessem chamado ela um pouquinho antes, e ela achava que ela conseguiria salvar o primo dela por causa da Aurora.

"Ah, capaz!", o padre Affonso, 136 quilos (agora 68 quilos então), duvidava afastado um pouco dela e a Orazília dizia que claro que conseguiria, porque ia benzer pra tuberculose por primeira tentativa, mas que no fundo, não pro público, ela ia benzer o Galileo Bombacha da Aurora prima de sangue dela era da diabetes: que tinha certeza que ele morreu foi de diabetes, fígado e cachaça e que a aftosa foi inventada pelo Franklin Dellano Obetz que fazia o Galileo experimentar maconha na garagem da casa de rico deles.

Ah, bem capaz que morreu de aftosa!

Se até o unha de fome do fazendeiro Bejo, que sequer fogão possuía, já tinha erradicado a aftosa dos milhões de campo dele.

Que o Seu Bejo tinha tanto milhões de campo e que ele foi assassinado sem nem conhecer lugar que era seu.

Tanta riqueza de nem conhecer.

E que numa tarde sábado o Alto e o Gordo chegaram e encontraram, como o costume, somente o fazendeirão com o sobrinho à beira do fogo de chão.

— Ah, que me vieram prum chimarrão, que surpresa! — exclamou de felicidade o ricão do fazendeiro lá abandonado.

E o Alto e o Gordo, de fato, sorveram com o Bejo umas três chaleiras. Tomaram mesmo o chimarrão com o velho Bejo na maior calma, tranquilidade e paz de espírito — que só quebravam com algum risadão de piada mais ordinária.

Até que se levantaram das cadeiras de palha onde mateavam e perguntaram para o Bejo se haveria hoje algum churrasco ali.

O Bejo não entendeu. Se chegaram de surpresa, como é que ele iria carnear?!

Estava desprevenido.

— Mas se faz churrasco também de surpresa, Seu Benjamim! — disse o Alto, sacando do 38 e atirando os três primeiros tiros à queima-roupa sem que o Bejo nem gemesse ao cair.

O menino correu em direção ao milharal em fuga desesperada e o Alto e o Gordo com extrema dificuldade lhe encontraram por fim. Encolhidinho, tremendo, os dentes a trincarem de pavor, magricelo e de botas de Invernada Mirim.

Mas nem perderam tempo. Nem disseram nada. Tinham que acabar com aquilo tudo, antes que o sábado escurecesse, conforme o "Mandante" previu.

E foram quase uns quinze tiros que o corpo do magricelo acolheu. Quase estrapejaram o corpinho de pólvora seca.

E, ato contínuo e imediato, o sol já ia ao se pôr, arrastaram os dois corpos, do velho Bejo e do sobrinho em direção ao chiqueiro dos porcos.

Mas, se deram conta, então, que os chiqueiros estavam vazios.

O velho, de tão muquirana, decidira só criar porco alçado, bravio, que se alimentasse do próprio pinhão nos matos e não, mas nem pensava, em também como os demais fazendeiros, aderir ao tratar com ração.

E deixaram então os dois corpos jogados lá.

E, à noite, no famoso Salão de Baile, os brigadianos foram avisados de uma emergência.

Que um sobrinho do Seu Bejo tinha ido até na fazenda e se deparado com uma tragédia.

Foi um "Nossa!".

Foi um "Não é possível!".

E o sobrinho do Seu Benjamim dizia que, sim. Tinha ido fazer uma surpresa pro velho e encontrou aquilo lá.

Era uma emergência.

Fosse ou não fosse sábado, duas da madrugada, que os brigadianos deixassem o baile continuar sozinho e fossem com ele ver só.

E que o delegado teria de ir junto, que era muito grave o que iriam ver.

Porcos alçados, porcos-do-mato, sentem o cheiro de sangue com um focinho de lince, com um focinho de leão baio, com um focinho que um dia a NASA terá de pesquisar.

Já tinham sentido o cheiro de sangue e já tinham devorado metade dos corpos com aquelas dentarras que só os porcos-do-mato têm. Dentarras e gengivas criadas a pinhão.

O que encontraram lá na Fazenda Industrial foi metade de um velho de bombachas pregueadas já sem botas nos pés. E metade de um menino esquálido de bombachinha de Invernada Mirim.

A fotógrafa, que o delegado fez questão que lhe acompanhasse, fotografou tudo com flash. Já eram quase 5h da manhã.

Bejo é a segunda prancha que Bento Gioacchino plasmou.

Um tempo depois, já com o caso quase prescrito, e sem que o "Mandante", o Alto e o Gordo, sequer o segundo depoimento prestassem, Bento procurou a fotógrafa. Queria ver as fotos. Uma por uma.

Um horror.

E, em 8 metros de comprimento veremos então as bombachas frouxas e comidas junto com a carne das pernas do velho Bejo, tudo em cinza, arroxeados e azul-violeta de veias com marcas de porcos famintos.

E Bento se fixou também na bombachinha do menor inocente, e ali usou um Azul do Céu de Jesus no seu pedaço de sobra do rostinho, com seus miolinhos à mostra em carmesim.

As bombachinhas de Invernada Mirim, Bento buscou expressar num areado fora do habitual de tanto carinho que lhe prestou. E tisnou carinhosamente com a força da mão as bombachas pretas do inocente. E as botinhas, que não havia nas fotos, ele calçou nos pés do guri.

Parecia mesmo um gauchinho adulto a metade do corpo do cristãozinho naquela prancha imensa que ocupava o galpão.

Não há porco algum na cena.

Na cena, que Bento se jogou madrugadas e madrugadas adentro, há apenas dois semicorpos, corpos pela metade, que ele tentou juntar em um só.

A tela é a representação disso: os dois corpos pela metade, comidos pelos porcos, por fim, seriam apenas um: a velhice e a juventude.

O fim e o começo.

A velhice nas bombachas cinza com aquele bronze irônico num relógio que não foi comido pelos porcos então.

A juventude, no ar jovial de cor Azul Flor de Milho, o milho, o milharal onde se refugiou da morte, está ali: 8 metros de Azul Flor de Milho que é de entristecer ao coração.

Aquela prancha, Meu deus!, se parece com *Guernica* de Picasso, mas num corpo só.

Aquela prancha é o fascismo. Aquela prancha é o nazismo distante para nunca mais se repetir.

Aquela prancha é a força falsa do vil doleiro a se clamar poderosão.

Aquela prancha é o pranto de Benta, a mãe do menino, a chorar pela metadezinha de um filho que lhe devolveram então para sepultar.

Aquela prancha é uma herança a ser repartida. Metades e metades de milhões e milhões de campos e matas de um solteirão que sequer possuía um fogão.

Dormia em cama?

Escovou na vida algum dia os dentes?

E os dentes estão também ali na prancha pela metade.

E os olhos estão ali na prancha também pela metade.

Estriados, vivinhos, os olhos do velho e do menino comidos pela metade, engolidos pelos porcos, já que os porcos engoliram os seus miolos assim, sem trabalho, sem nenhum trabalho, sem mastigar.

Miolos não se mastigam. Miolos se engolem e só.

E estão ali na prancha sufragados num violeta meia-noite, sem pena e nem dó.

Bento, nesta prancha, se exauriu.

Deixava lá jogados os dois corpos. Tentava dormir e não conseguia.

Voltava ao galpão.

Brutalmente tomava a bacia maior, a bacia da "Cor C" e, já sem pincel, com as próprias mãos, os próprios dedos, atacava a prancha dos corpos semicorpos, dos miolos semimiolos, das bombachas semibombachas, tudo metade, tudo resto, tudo sobra, tudo o que a porcada rejeitou ao se fartar decerto de carne e sangue que um dia Deus (Bento voltava a pensar em Deus com "dê" maiúsculo!) inventou de colocar na face da Terra em proscrição.

Os porcos comiam o que Deus inventou.

E Bento odiava o próprio Deus em preto, púrpura, rosa-marrom, ocre pálido, cinza, cinza, esfumaçava de fuligem com as próprias mãos na prancha, na prancha, na prancha, na prancha.

Óooooooooooooooooooooooooooh!

Bento exclamou um Óooooooooooooooooooooooooooh!

Bento não era mais homem.

Bento não era mais Bento.

Bento parecia agora um porco. Um porco também, na madrugada, a buscar com as mãos o prata para um meio cinturão das bombachas do Bejo que havia por acabar.

E acabou.

Acabou em prata e num bordô para o desassossego de quem olhasse depois a sua segunda prancha:

Bejo.

ÓLEO SOBRE **PRANCHA** 4

O Gildo fazia bochecho com a cachaça antes de engolir.

Era sempre assim. O negro descuidado, pés em chinelas havaianas, as calças arregaçadas e uma mesma camisa com um odor de sovaco de não suportar.

Todo santo dia vinha para o banco de madeira de cor cinza desbotado, os suportes de ferro já enferrujados, e ficava por ali a esperar fretes de caminhões que chegavam em Oaio para descarregar.

E ganhava assim os seus trocos e o negro Gildo entrava então no Bar do Ão para aquele seu bochechar.

Para bochechar. E um fundinho grosso de cachaça talangava quase num gole único.

Bochechava bem a cachaça e depois engolia sem nem mais cara feia fazer.

Se o Frank Peruquinha era o cobrador do ônibus da Linha FUNDO DAS ALMAS...OAIO sempre pedindo, "com licença", "desculpa", "obrigado", amável, terno e cordial, o Seu Ão era soturno, nenhum sorriso no troco seco, e apesar de se dizer espírita, detestava catinga de sovaco de negro sujo.

Era na soleira do seu bar, o conhecidíssimo Bar do Ão, o bar do barão, que os freteiros de Oaio ficavam a esperar pelos caminhões e modernas carretas motorizadas já.

Era claro que o pobre do Gildo era um desdentado e se ria e ria nas piadas dos outros freteiros, porque o coitado não sabia nenhuma piada contar.

Falta de dentes e neurônios.

E o Gildo só sabia era rezar e rezava sentadinho no banco que não chovesse mais de dois ou três dias, que isso atrasava os caminhoneiros e ele ficava sem os caminhoneiros praticamente sem o que comer ou beber.

Beber a sua cachacinha aos bochechos e que foi num expandir de chuva a semana inteira que o Barão se saiu numa tarde daquela com a sua ideia miserável da cabeça até os pés.

Falta nem ia fazer tanto, porque 32 dentes o Gildo nem tinha mais.

Com a chuva que caía sem parar, bêbado, Gildo ressonava de pés espalhados no banco do bar do Barão.

Aquilo era um "espanta freguesia" e o Barão não teve dúvida no que deveria fazer.

— Gildo! Gildo! GildoooooooÔ! — gritou com o moreno até lhe despertar.

— Âh, haaam, Seu Ão?!

E o Barão então lhe mostrou o alicate ferrugento que trazia na mão.

O bêbado, o Gildo negro bêbado (enquanto a chuva continuava e uns poucos presentes em volta), continuava sem nada entender.

— Sente — ordenou o Barão. — Sente mais no meio do banco, aqui!

E o pobre do Gildo, subserviente e subalterno ao dono do ponto do seu ganha-pão, obedeceu.

A chuva até parece que se precipitou ainda mais, porque o céu é certo que escureceu um pouco mais também.

— Abra a boca! — ordenou o Barão ao Gildo.

E o pobre Gildo abriu a boca na maior inocência, colaborativo, mostrou as gengivas de um quase violeta-púrpura decerto de tanto o bochecho com a cachaça fazer.

E mostrou uma língua pegajosa, rosa, pancreática, língua de cachaceiro, ah, pois, sim.

E mostrou um molarzão restante mais pro canto, molarzão de esmagar bem um churrasco, se o pobre lavasse o sovaco em dia de Natal.

E o Gildo de boca aberta era aquela boca escurona, com polpa de restos de dentes já cicatrizada e com dois frontais bem afinados, presas de cachorro, senão.

— Abra mais! Ordenou o Barão — Abra bem!

E o Gildo, sem compreender, abriu e abriu ainda mais o seu bocarrão.

E o Barão, a frio, e a seco, ajeitou melhor o alicate que trazia e com o alicate bem firme num dos amarelados de cárie dos dentes prendeu a força da mão ali.

Prendeu o dente e com força puxou.

O Gildo gemeu, um espirro de sangue coalhado evaporou da boca escura e o Gildo só olhou para o Barão.

Restou o pobre do Gildo assustado e o Barão então gargalhou.

E o Barão exibiu o molarzão como um troféu, com o alicate levantado pra cima e trazendo preso o dente do negro Gildo.

Risadas estimulantes dos puxa-sacos se ouviram. E a chuva se precipitava e o céu deixou até de escurecer.

E o Barão voltou-se então ao negro Gildo depois do dente desprender do alicate e jogar numa lata feita lixão.

— Abra a boca de novo!

— Ahahhamm!

— Abra, que tô te mandando! Feche os olhos!

Alicate na mesma posição repetida, a boca aberta e ensanguentada agora dificultaria a extração. Mas o Barão sabia agir.

Se frontais não havia, o Barão escolhia, para a sorte do Gildo, arrancar o seu incisivo daqui. Daqui, da frente, na esquerda.

A frio, a seco, sem nem um bochecho de cachaça, o Gildo mais uma vez suportou a extração do Seu Ão.

— Tu tá rindo, ou tá chorando, preto?? — o Seu Ão, Barão, o alicate com o canino ainda preso, lhe perguntou com boa atenção.

— Agora eu tô chorando, mas antes eu ri — respondeu-lhe obediente o Gildo.

O incisivinho foi jogado na lata lixão.

E o Barão, se eram 32, não mais que uns sete dentes restavam na boca do Gildo agora, e o Barão resolveu deixar só uns seis.

Chuva torrencial. Céu escuro. Risadas de uns poucos presentes. E a mão de Deus, com certeza, posta como um guarda-chuva sob a fronte do desgraçado do negro Gildo.

—Abra a boca! Feche. Castre estes olhos!

— ...

— Abra, infeliz! — ordenou o Barão.

E o Gildo, pela terceira vez, a boca abriu.

Outro molar de canto, sabe-se lá que número um dentista daria àquele dente, era o escolhido da ocasião.

E o Barão desta vez viu com quem estava lidando. A frio, em seco, só no suportar da cachaça, o dente molar do Gildo resistiu.

O Barão não teve força o suficiente pra arrancar num chascão, como fizera com os outros dois.

— Abra mais a boca, desgraçado. Eu já tô começando a me irritar — disse o Barão a Gildo. E rejuntou o alicate preso no molar mais macho daquela pobre boca desmanguelada ali.

E o Gildo abriu a maior bocarra que podia. E se viu o seu Céu da Boca, a própria glote do triste toda ela rosadinha, aquela Flor de Milho que é a cor melhor.

E o Barão levantou o pé, botou o pé bem firme de apoio no banco e dali tiraria a força que não tivera na tentativa anterior.

E prendeu a sola do sapato com força no banco cinza-fosco de madeira e trouxe com força pra fora da boca o alicate num forcejar com as duas mãos. Fazia de alavanca o joelho do pé apoiado e bem.

Esguichou um novo sangue grosso e coagulado e sabe-se lá o que mais: nervo, osso, polpa, dentina ainda do avô escravo de dentro da boca do Gildo.

E Gildo desta vez urrou.

O negro branqueou de uma forma que a todos parecia que iria morrer.

— Bocheche. Bocheche aí — lhe disse o Barão sem muita paciência a lhe estender uma garrafa da pior cachaça que providenciou.

— Para aprender a dormir no banco da praça, não vir dormir no banco da minha freguesia aqui — explicou o Barão.

O Barão disse isso, concluiu que estava dada a lição, e se foi para trás do balcão do seu bar.

Choveria mais uns três dias e, como chovia, o Gildo não apareceu.

Mas, depois voltou. Para o mesmo banco. Para os mesmos fretes. Para a mesma subserviência àquele que cachaça lhe servia para os bochechos e que os seus dentes pobrezinhos lhe arrancou.

Oaio do Sul sabia ser cruel e a Orazília Benzedeira, apesar de ser chamada de mandingueira, só queria era o bem das pessoas.

E, preocupada, não com o Gildo negro, mas com o Peruquinha do ônibus vermelho e branco, a Orazília foi lhe esperar na chegada da Linha FUNDO DAS ALMAS...OAIO DO SUL.

O Frank era um amante da solidão em seu quarto de órfão quando ia se recolher.

Era triste de se ver.

E a Orazília, no que ele desceu do ônibus, já lhe disse com muito carinho que queria então lhe benzer por bem.

E o Frank, tão simpático, amável, educado com todos, antes de virar-lhe as costas, só respondeu?

— Já bebeu cachaça, mulher!

A Orazília não tinha filhos e era por isso que ela queria com suas benzeduras ajudar os filhos e filhas dos outros lá.

Principalmente se os filhos e filhas dos outros de Oaio fossem órfãos de pai e mãe.

Mandingueira, índia velha, a Orazília sabia que mãe é mãe e que até os bichos mais rudes do mato sabem que é.

E no seu parir lá, o puma-fêmea, depois de parir, entrega o leãozinho pro leão baio macho e fica uma quarentena por natureza a descansar.

Nunca mais sai. Correr, aí, que nunca mais.

Por quarenta dias marcados guarda repouso por natureza e que marcar este calendário pro puma-fêmea se encontra no Gênesis, na criação de tudo por Deus.

Filhote, macho ou fêmea, o leão baio adulto brasileiro é tudo o que é já no rosto dele: aquela bocarra comedora de outros bichos e gente, o Seu Chico sempre explicava de um amigo que desapareceu.

— Claro que foi o leão!

Leão baio.

Baio por causa clara das manchas escuras no pelo amarelo que aquele pintor, Pieter Brugel, o Velho como o Seu Chico, iria admirar.

E o artista plástico Bento Gioacchino gostava demais.

E depois virava e mexia na sua tigela de tintas para achar o tom correto e final do colorido intenso.

E que o Bento Gioacchino depois — ah, o talento, ah, o talento!

Mãe perita em abertura de pernas. Pai perito em encurtar sete cordas no tocar! — o Bento Gioacchino se lançava em direção de uma tela virgem e caprichava naquele amarelo até nas lágrimas dele chegar.

O Bento Gioacchino era tomado pela Nossa Senhora dos Negros e pintava pingando as lágrimas dele na própria tela e borrando o amarelo que virava amarelão.

Era uma instalação surpreendente que o Bento queria largar bem no meio da galeria, com as outras telas dele todas já emolduradas e nas paredes em volta.

Foi uma incomodação.

O Bento queria pregar com tachões as telas e a galeria não permitia perfurar as paredes além do já perfurado.

Mas, fossem contrariar o Bento Gioacchino Morinni Crescêncio!

Fossem.

Vissem aqueles mapinhas de países pequenos e pobres que ele imaginava no lombo do leão baio.

Ele imaginava e expressava nas telas de uma maneira feroz.

O Bento expressava ilhazinhas de cor preto-escuro-molhada no lombo do leão baio.

Era cada uma daquelas ilhazinhas que se formavam no bojo corporal do puma o que ele chamava de o meu Mar Amarelo.

Tela baia.

Era baia porque do preto por cima do amarelo, lágrimas pingadas na madrugada em que pintou, o Bento só lembrava da alvura do rosto de sua mãe Soshanna e das mãos murchas e dedos secos do seu preto velho pai.

— O doutor sabe o porquê do trevo-roxo, não é? — o Chico perguntava ao engenheiro Gioacchino com um trevinho roxo na mão.

— É por causa que Nossa Senhora derramou sua lágrima no trevo verde e o verde se arroxeou — explicava na sua simplicidade de comover.

— Num domingo desse ainda lhe levo pra ver um rio correr por cima do outro. Mas é mais lá pro fundo, temos de sair bem de manhã — o Chico planejava.

O Chico conhecia, sim, que num campão de tantas aguadas como era o Fundo das Almas, havia mais no fundo das matas e cachoeirinhas de nada, o Amola Faca e o Arroio Crespo, os dois riozinhos que corriam paralelos, um *uchuá*, um *uchuá* de um por cima do outro, sem nunca se encontrar, afora enchente ou temporal.

Mas, em dominguinho de sol assim — céu azul e anil de anil mesmo —, ah, os dois riozinhos formavam aquele par de água a correr.

Dois riozinhos separados só por pedras.

E o Seu Chico sempre lembrando a falha do Gênesis de qualquer bíblia trazer esta falta de não mencionar um feito desse de Deus.

Águas separadas.

Água na mão.

O Chico Velho dava de goleada no Engenheiro Hidráulico em toda a observação que não envolvesse estudo técnico demais.

Sabia da vida porque, "Quase corvo, doutor, eu já vou beirando também os meus 100 anos!"

O Bento tinha umas pinceladas rápidas e eram rápidas como as passadas rápidas de um puma e, *zássssssssssssssss!*, ágeis, como se do chão levantasse.

O Bento se plantava num confronto com a tela como se voasse rasteiro ao pintar.

O pelão amarelo manchado todo de manchas pretas, as patas unhudas, a bocarra com dentões que eram travas de ferros, o leão baio afugentava toda a migrantada da AMERICA.

E era por isso que o Bento Gioacchino tinha em Oaio o apelido de Puma.

Ele já trazia esse gênio até enquanto por lá morou.

Depois — Arthur Schopenhauer nas veias — se desencantou e saiu sem nem avisar.

Foi embora sem saudade nenhuma, só com todo aquele filão de lembranças pra nas suas telas explorar.

O Bento era mesmo um leão baio.

E que a Orazília benzeu, ajoelhou, rezou, fez sua mandinga preferida ao estimado leão baio, que calculava que já era dos últimos, e que ela nunca precisou de espingarda pra se guarnecer deles quando eram ainda bastante em Oaio do Sul.

A Orazília contava que era praticamente amiga da tropinha de leão baio no Fundo das Almas.

— Mas nem que seja 54 estados unidos da América que diga que o baio é puma, eu não aceito. Eu não aceito opinião de americano — a Orazília gritava, diziam, depois de já ter bebido a cachacinha dela.

A grande injustiça, o grande prejuízo que a Dona Orazília, coitada, teve a vida inteirinha em Oaio, é que lhe achavam mais fofoqueira do que uma benzedeira que só fazia o bem.

Acreditam que o próprio Frank, afável, educado com todos, uma vez, a Dona Orazília maltratou??

A Orazília foi lhe esperar no ônibus, na chegada da Linha FUNDO DAS ALMAS...OAIO pra lhe acalmar a alma e o juízo.

E o Frank fez que não lhe ouviu:

— Não posso mais te ver assim com esse semblante triste que você disfarça, mas eu sei — e prometeu que naquela noite mesmo iria na casa dele lhe benzer. Só esperasse ela com esta, esta e aquela ervinha e planta pra defumação.

O Peruquinha era um ser atormentado, Meu Deus!

E não?!

Sempre tão educado, atencioso e afetivo, naquele final de tarde só disse pra Orazília assim:

— Já bebeu, mulher?!

Repeti esse desaforo dele, porque o Frank logo depois morreu no mar. Se afogou dias depois por não saber nadar e se foi prum buracão traiçoeiro do mar e o Seu Cadega — praticamente pai — se jogou nadando atrás e que o Frank Peruquinha, como todo o desesperado se afogando, se agarrou fortemente no que era a mão estendida do Cadega e se foram os dois pro fundão.

Como é que o Seu Ão que era pura maldade nunca morreu afogado no mar?

O Bento então abria as pernas, botava a paleta na mão esquerda e pensando na sua vida e cotidiano, se botava a pintar. Agora *Oil on Canvas*, como queria Iberê.

A Bocarra de Gildo.

— O que mais te impressiona além da técnica? — perguntou-lhe numa manhã Iberê.

— A fala de uma benzedeira de Oaio. Parece que ela me escolheu pra guardar aquela feitiçaria das cores da vida de mandigueira dela em mim.

O violeta-escuro do manto de São Cipriano.

E a invocação que Orazília fazia aos céus por um azul mais anilado e tão baixo quanto possível o Bento trazia em si.

E ela abria a boca para o céu e dizia: "Azul furtivo e fétido. Malva coalhada. Eu quero lilás para as minhas mandingas!".

E tinha mesmo todo um Índice de Orações Para Todos os Males dentro da moringa, da cuca e memória na cabeça pequeninha dela.

Era um motivo de bem pra fulano, um desmotivo de azar para um sicrano que queria ter sorte no pife, canastra ou no pôquer, baralho, enfim.

A causa do roubo de um pé de alface esverdeado?

Procurassem a bruxaria.

E aquelas mãos murchinhas e magricentas da cor chocolate mostravam a prova concreta da triste notícia.

Um chiripá todo em quadradinhos preto-e-branco que os parentes perderam num roubo do sítio da sua própria parentada, a Orazília com a reza dela ajudou a encontrar.

Parente roubava parente na Oaio da Orazília mandingueira.

E era então uma cor de cobre e ciano-dourado que faiscavam dos seus olhinhos pequenininhos e ela fazia humor de usar arma de fogo pra assustar quem lhe procurasse.

— Vou te matar porque você acredita em Saravá dos pretos velhos e suas batinas douradas. Os pés de solas brancas dos pretos andando descalços.

E ria.

E eu rio com as cores e as respostas de um velho aloucado que atendia na farmácia dando xarope para o que era doença de fígado azul cintilante e supurado pra muito mais.

E havia a explicação da senhora idosa para a carga de pulga que atraia em seu casaco fino num Baile de Gala, o melhor.

— Não fui só eu que trouxe pulgas para o baile.

E ela desconfiava que até foi o Mingo, o guitarrista de Os Incríveis que tinha trazido as pulgas pretas, outras cinza, aqueles bichinhos de corpo seco do assoalho de um velho cine que andava há anos fechado.

E que abriram pra um show extra de Os Incríveis antes do baile que começaria às 24h e tal.

E era em acetinado a cor da capa que encobria a Liturgia do padre Affonso com os 136 quilos e mais uns 400 quilos de sino a chamar as clementes com os seus véus negros no rosto e que não haviam amanhecido de Baile de Gala e nem outro nenhum.

— Abra essa boca preta e língua úmida e reze de joelhos minha Zezé amada. Em teu seio me acolhi quando fui por todos rejeitado!

A cláusula escrita numa página verde em letras pretas era para iludir o fulano do leite coalhado, feita numa audiência no Fórum.

Que dessem mais pasto verde que o leite voltava a ser branco e não haveria mais aquela desconfiança que até soda cáustica se usava na maldade do lucro sem juízo.

E surgiram, mais por fofoca de Oaio mesmo, aqueles fundamentos das 14 mulheres a escolher sapatos: sapato ametista, sapato vermelho-brasa, sapato verde-lima, sapato bordô, sapato de um rosa-pendente para um rosa-louco, sapato verde-espectro.

Ah.

Bah!

E a Liturgia dos Inválidos que os irmãos da Assembleia gritavam aos prantos todos de sapatos pretos. E calças pretas e paletós pretos e o pastor que se chamava Tristão no alto do púlpito com os braços extremamente abertos.

A pantomima dos balaios enfileirados com suas grandes bocas abertas.

A boca de Orson Welles ao fazer a locução de *A Guerra dos Mundos.*

— Abra a boca, desgraça!

O Barão com o rosto verde-azulado era a personificação de seu avô Tijico que acabou sendo morto a tiro e virou processo de um finado Mathias.

— Abra a boca ametista. A Parábola com jumentinho e o Quadro dos degolados.

— Abra a boca homem marrom-escuro que sabia de trás pra diante toda A Poética da Vida Campeira.

Chimangos & Maragatos.

— Abra a boca bem aberta na hora de recitar contritamente prólogo de O Livro dos Cegos.

Abra a boca para a prova do sal na panela, para a amostra dos queijos se já sorados, para o salmo que reza um versículo e se rezavam versículos em pranto na Assembleia de Deus quando a Assembleia de Deus era ainda só a Assembleia de Deus e nada mais.

— Abra a boca verde-azulado nos cobertores espalhados pelo chão de madeira para os flagelados atendidos. O estalo de uns galhos secos.

— Abra a boca de cor dainise no canto dos pés do pai ruim da coluna na bacia e que ordenava ao filho mais novo que lavasse os seus pés na bacia e fosse trocando os discos com capas de figuras de sons na vitrola assim.

— Abra a boca azul-escuro e Jesus vem sentar aqui perto, Jesus vem falar de urubu.

É o Jesus remunerado e o resumo da vida de Flaviane girando a bolsa em plena madrugada violeta-celeste e um sair de sol já bronze, amarelado como amarelava aquele resto de rum não bebido no copo das putas.

Moscas em volta do copo no nascer do sol.

A cor?

Grená-rosado de chocolate de fumaça de cigarro.

No bordel um tropel de cavalos havia.

E um rosa, rosa, com amor era entregue.

Vejam que guardo um álbum só de urubus e várias formas de rosários.

Faço por treino em meus desenhos a alegoria do Jeca e um flautista esperando a moça de cinta-liga preta e avermelhada e de fato convincente se queria fazer amor por dinheiro.

A chuva.

Não consigo desenhar nunca a chuva e só ouço o seu barulhinho lá no fundo da minha alma:

— Abra a boca, é, essa boca!

— Abra essa boca!

Honra ao Contrabando dos sacos que o Gildo carregava nos ombros.

Ah, que linda paisagem com moça bonita e um auto de ré com Tio Purça que mostrei ao Iberê e ele escarrou um pouco do câncer do seu fígado numa bacia de alumínio.

Abra a boca cor de água para com a tua cor de água que enxergo nas cenas de um batismo: cifras, confissão e um besouro.

Abra a boca verde-azulado e um ensino aritmético, um ato que deu já no desistir de um logaritmo.

A cereja e a sua cor extraordinária e não saber a resolução de logaritmos tão fáceis foram sempre os enigmas da minha vida.

Um elogio a tanta sapiência para cores e um elogio a tanta asnice para os números e as equações gerais.

— Abra a boca cinza-fosco e a crítica ficando rubra e o encanto da minha prosa.

— Abra a boca azul-aço e a construção de casa, casarões e castelos na orlinha da minha infância.

Palhoça em Florianópolis.

Nota divina aos malucos e contraste com água de cheiro.

— Abra a boca ameixa e a paródia do suor do sovaco imundo e a balada dos cabelos bonitos incrivelmente sem nunca ter visto um shampoo.

Bento triste!

Um longo resumo de farsas.

— Abra a boca vermelha na explicação para um roubo perfeito, para o número da girafa no circo.

O Texto pra ser entregue, o polígrafo de um homem atormentado.

— Abra a boca caramelo e o pensamento frio e exato do Seu Ão naquela tarde de chuva.

A página do mal da humanidade que ele incorporou de alma e corpo inteiro e do corpo inteiro dele saiu o mal e a maldade da maneira mais perfeita que já se vira no mundo.

O propósito dos bananenses e botar nos ombros do Gildo quatro cachos de bananas e que ele levasse feito uma mula.

O Gildo era a mula de São João Maria que pastava na beira de um riozinho e aquele negro a carregar bananas.

Nem bicho era.

O Gildo disse que antes riu de uma dor de dente arrancado e que agora chorava a dor de outro dente dele arrancado a frio e com um alicate de oficina de carro.

Meu protesto é um labirinto.

É a queixa das lavadeiras, é a rubrica de um Tura que se gabava em Oaio de ter em casa mesmo um jabuti com a cor de jabuti preto e que na sequência que era a rotina da esposa dele — sistemática, mais moça que o Tura, caseira — ela lavava e fazia a higiene do pênis do jabuti deles de cor preta de jabuti preto.

E que o pênis era arroseado.

Ah, esse sentimento decerto profundo dela!

Ah, esse sentimento de ficar só por casa e nunca ter tido um sonho de andar pela vida!

— Abra a boca, preto, e seja taura, gaúcho, não faça teatro, nem dengue no tópico de arrancar os teus três dentes num chascão.

Abra a boca!

O luminoso da ferraria.

O luminoso do Bar do Ão.

— Abra a boca limão E a invocação da chinoca e o motivo que dá nas tripas.

O jogo do filho, a causa do pai, a liturgia do padre. A cláusula para iludir engenheiro vindo da Itália quase por um milagre de um prefeito norte-americano que foi nomeado por aqui.

JK nomeou num canetaço Gordon Burton e na sua reeleição o Gordon Burton se cagou.

Político só se caga em comício se for praga de madrinha, ou coisa que a Orazília antes rezou.

Matéria de homem faceiro. O livro demente aos defuntos.

A sátira que fazem os morcegos. A psicologia no vácuo.

A prosa que rende os bananenses, dente cariado, carne rendida e a polpa em violeta-grená.

A liturgia dos patos.

Os inválidos, pobres inválidos, que subiam no banquinho do Bar do Ão só para descansar.

A terminologia da doença.

A Verdade, o focinho e o palhaço. A dedicatória tranquila que um Tura fez para sua mulher que de casa nunca saiu.

Perigo ali não havia se a mulher dele confessava que em todas as noites da vida dela em nenhuma noite sonhou.

— Como é um sonho? — diz-se que perguntava.

O sonho é um beijo mais sincero e é o mais fácil.

O sonho é um trecho da estradinha cheia de lírios a desabrochar e os mesmos lírios a morrer de amor pelas rosas amarelas com biquinhos como se fossem seus seios da cor pretinha lá.

O sonho é a sabedoria que traz o velho.

É o prólogo dos dorminhocos em imagens e cores e maldade e tudo de ruim.

É isto o sonho.

— Abra a boca até o Céu da Boca Azul Flor de Milho deixar à mostra o que é um beijo de amor por dentro. Não só beijo de amor só nos lábios a se externar assim.

Etc e tal, o salmo que sai da bíblia diz que o homem deve procriar.

E só se procriam se o beijo for beijão de ir lá na glote de ambos. E que então é chegado o momento inadiável de fazer amor com penetração vaginal.

E que então...

... então.

— Abra a boca de esmalte para em esmalte fazer a paródia de um Fundo das Almas perdido, o morto sentindo o cheiro.

Abro a minha a boca de carnudos lábios jambo-claro e o número daquela maldita girafa no circo que eu nunca, nunca, nunca esqueci.

Trazer uma girafa nas costas como se Gildo fosse e ainda aquela falação de um Chico Velho Aguateiro escrito com letras trêmulas pelo meu avô: Gioacchino Morinni, morto em Turim na chegada do ano 2000.

— Abro a boca.

Há um amarelo-esverdeado.

E eu tento fugir da minha precária arcada com a força de um Polígrafo dos Imbecis.

Se escrevesse, seria um título assim.

E eu escreveria com um pensamento de cobra cruzeira que aprendi como é.

Eu sou.

Eu sou A Página de Deus sendo o Diabo e o que no Céu aconteceu de um urubu com uma andorinha procriar.

Uma aberração aos olhos de Deus.

E já!

Abro a boca púrpura e a propósito de um certo fulano sequer o sobrenome poderei revelar.

Protesto dos interditos e interditados em frente à casa de cor...

Abro minha boca ouro me fazendo de quase morto numa das cinco divisões de uma UTI: e ouço a queixa dos irmãos gêmeos, Juvenal e Juvenil.

E vejo o verde e o limão.

Abro a boca me fazendo de quase morrendo na Unidade e é uma boca azul-furtivo e a enfermeira rubrica o grau do sobe e desce de minha febre como se fosse a enfermeira uma escrivã que não tinha dedos em Oaio do Sul.

Eu conheci.

Eu vi e ouvi.

— Abra a boca azul-petróleo, Gildo!

— Abra a boca de prata, Gildão. E ria se tirarem teus três dentes e se ria mesmo lembrando do sentimento do padre punheteiro a pensar nas colegiais.

Um padre só.

Seu peso? 136 quilos.

— Abra a boca oliva, Gildão, e veja comigo o sonho do fazendeiro louco que se jogou num banheiro de dar carrapaticida para as suas cabeças de milhões de vaca e boi.

— Abra a boca índigo-escurão, Gildo!

Gildo de quê?

Abra a boca azul de mar revolto, a boca que é a boca de uma mulher grávida.

A virtude de uma mulher grávida.

— Abra a boca rosa chocante, Gildo!

— Abra, Gildo, a tua boca celeste-negro e, a propósito de sementes férteis, chegaste com uma puta dormir, negão?!

Eis meu Gildo em vida e dias que não foi Deus quem fez.

— Abra a boca cinza-cinzão como chuva atormentada por vento, Gildo.

— Abra a boca caramelo e tenha a visão no lugar dos cegos, Gildão!

— Abra a boca tártaro-cinza-escuro para os dorminhocos e as dorminhocas que não sabem sonhar e nem com o padre, com os seus 136, dormir.

— Abra esta sépia boca, Gildo, cor de céu pra chuva, Gildo, e diga da boa mão da doceira que tinha um filho inválido em casa e 57 cães pulguentos a latir.

— Abra a boca marrom e o deixa tua boca para um futuro Tratado de Dentologia Clínica.

Meu vômito e meus versos para as bocas vermelho-céu e as figuras de bocas abertas para uma chuva que jamais irá cair porque não a sei desenhar.

A estrutura de um casebre feito de achas e forquilhas até sei. E a desenho bem.

Chuva. Chuvinha, mas da mais chuvinha de merda, jamais consegui.

— Abra a boca marrom, Gildo, e faço um ensaio pras doninhas que agora balançam nos fios de luz.

— Abra a boca lilás-primavera, Gildo, e farei o prelúdio do último urubu que o Chico Velho Aguateiro contou para o meu avô.

Sou o olhar de cobra urutu

— Abra a boca violeta brava, Gildão, e escreverei uma carta para a moça de olhos azuis, esverdeadinhos, puxando até para olhos amêndoa, que me recusa e recusará. E que sempre me recusou.

Sou o olhar da cobra cruzeira quando recebo tantos nãos assim.

E me ponho a escutar a rapsódia de George Gershwin em plena UTI sem ouvir.

Ouço a rapsódia inteirinha sem nada, nenhuma notinha que seja a andar por ali.

Ouço porque sei sonhar.

— Abra a boca raiz rútila, Gildo, e os pássaros piores, os corvos, as carucacas com presas, a águia, flor da América, pousem em mim e em ti.

Que pousem essas aves do mau agouro em nossos ombros, *así no más.*

Jogo o teu incisivo arrancado pra lata lixão.

Jogo qualquer situação de marrom de tufão de vento e sonata para minha tela no madrugar.

E abra você, Gildo, a tua boca de pedra trêmula para aquele infeliz do Ão.

— Abra a boca trevo-roxo e serenata, Gildo.

— Abra a boca verde em pranto, que você é um homem bom.

— Abra a boca cinza-fusco e os pássaros de Ícaro virão te apanhar.

Não esquece tuas havaianas, Gildo!

Vai, boca de limão preto e marcha nas asas de Ícaro ao encontro de Zeus.

E se abrirá uma rosa clara.

E tu terás uma dentadura nova, das mãos da Senhora Negra Aparecida e tua boca será dourada brilhante e um foguete escuro eu também, por ti, irei espocar.

Vai, Gildo, desinfeta daqui da UTI.

Vai, fórmula da cor laranja que aprendi em tua boca de corvo, que aprendi na asa do mal, que aprendi sem fé, laranja sem fé.

Silêncio.

Ouro do urubu.

Ouro de um desdentado é o silêncio e ele é como o rosto púrpura dos malucos e doidos na sua geometria de caramelo, na sua geometria cor de cenoura a louvarem hinos em carmesim.

Abra a boca harmonia, lágrima, gramática do castanho-avermelhado quando faz borrão no céu e no mais triste pôr do sol.

O humor verde-lima da risada sarcástica, o humor acidentado de cobalto e que diz, "agora eu choro, mas antes eu ri".

Juízo do sono do roxo-brilhante. Imitação dos pássaros em Copos-de-Leite de uma mãe morta e que pede a cada Finados que lhe leve Copos-de-Leite mais.

E velas de bronze e velas violeta com pavio cor de verde mar.

Abra a boca ideia azul-manteiga do trabalho, abra a boca relato da filha do açafrão que fugiu com o bordô.

— Abra a boca castanho-avermelhado e a prova das preces pra chamar urubu.

— Abra a boca bronze e o testamento do Tura sem deixar um nadica de nada pra mulher dele que nunca sonhou.

—...? — alguém fica sem saber o que dizer.

— Abra a boca marrom-profundo e o excerto da música da morte dissolvida em óleo de linhaça a boca aberta e verde pálida recitando páginas do Livro dos Defuntos.

— Abra a boca rútilo e a pantomima dos balaios.

— Abra a boca azul-real e as duas cabeças num mesmo terneiro pobrezinho que resvalou da placenta e caiu no chão.

A paisagem mais campeira e verdejante e aquelas duas cabecinhas com só quatro patas e só.

Viva o Rio Grande do Sul!

— Abra a boca aspargo e o retrocesso da crendice que é o em burro com quatro relhas, terneiro com duas cabeças e vacas prenhes a sorrir.

E ouvi e trouxe ainda comigo uma parábola dos dentes caninos da cascavel, da cruzeira e da urutu.

Cada uma presa de serpente se multiplicava por mil, dois mil e, Bento, eu via o mal do Ão na coroa da boca do Gildo, eu vi.

Eu bochechei solidário, jovem e solidário, naquele bochechar sem nem sentir a mesma dor. Eu bochechei a dor do negro Gildo sem ainda conhecer a dor, a dor do mundo, a dor do mundo em dor por ser mundo assim, sem sentido e nunca sentido nos dar.

Eu bochechei vendo a chuva que já era torrencial.

Ó, aquela imagem da chuva torrencial e Deus abrindo o seu guarda-chuva com uma aura na cabeça preta de cabelos grudadinhos do Gildo em plena convulsão sem ser.

Nem desmaiou.

Nem se mijou.

E Bento pensava no escarlate a ser usado, um escarlate brilhoso e tanto, de tanto mineral que o gene negro traz por negro ser.

E Gildo, o mal do urubu, decerto, e o Gildo que trazia na miragem do quadro tinha a raiz do dente em cor violeta e um dentinão lilás.

Era a expressão do azar... da humanidade falida.... a poética dos céus de corvos e bombardeios de Hiroshima, Nagasaki e do próprio Vietnã.

— Abra a boca!

— Abra a boca que o esmalte dos dentes é tecido mais duro do ser humano rosado se tanto e se dizendo branco por precaução.

Se diga pardo ou negro num papel oficial qualquer pra ver?!

Abra a boca e bocheche de ódio. Não a cachaça, use a cachaça por dentro como se usa um óleo de linhaça e a terebintina e só.

— Abra a boca chuva.

E depois que for chuva, vire num céu cor-de-rosa, como cor-de-rosa é a merda praticamente líquida que o prefeito de Oaio, Gordon Burton, cagou.

Em pleno comício se cagou e ficou dizendo "cago, sim, porque sou povo igual a vocês".

Se cagou e continuou a discursar.

Virtude da boca.

A boca do falastrão querendo voto e muito voto ganhou.

Ganhou uma eleição depois de todo cagado e que foi a vez dele fazer bochecho, não com cachaça, mas com um melhor vinho de Paris.

E que a Marizy, a mulher dele (que estica!), num vestido bordô bem ajustado às pernas e às nádegas, bochechava na vez com espumante mesmo daqui.

Que Garilópolis recém começava, mas a primeira-dama de Oaio mandava o seu bochecho de lá.

Um brinde a Garilópolis!

Dizia, apesar de terem ganhado as eleições todos cagados em Oaio do Sul.

Diziam: maionese estragada tem uma cor de carmesim.

Se você conhece o carmesim pousado, de um dia de calor pra outro, nunca que vai se cagar.

Mas tem de conhecer o carmesim.

Conhecer o carmim.

Conhecer tudo o que lhe vem na paleta na hora uma tela enfrentar.

É tourada!

Geralmente tourada à noite.

Foi Iberê quem me disse que preferia a madrugada, que a doméstica, a Maria e os gatos estavam a dormir.

Não lhe atrapalhavam então.

E ficava o Iberê sozinho lá.

Digladiando com a tela antes que a bosta do câncer inventasse de se espalhar.

Abra a boca para o bochecho do remédio!

Iberê era homem que morria, e morreu mesmo, a não chegar a tal ponto assim.

Abrir a boca para um remédio??

Tura, o esposo da mulher caseira — Boaventura Boeira —, mais moço que ela, abriu: abriu a boca, mas o remédio era um cartucho entupidinho de pólvora que lhe fez os miolos saltarem.

Puxou o gatilho da espingarda esmeralda com o dedão do pé.

Quanta engenharia!

Amarrou o pé com um barbante no gatilho e se deitou pra explodir de tanto morrer por decisão única e pessoal.

Deixou a mulher só e viúva e com um jabuti com a cor preta do jabuti preto.

Quanta cachaça!

— Abra bem esta boca com presas caninas de rasgar churrasco e deixe o alicate do Barão te ajeitar.

Desdentado por desdentado já está.

Já lá vai.

Ora um homem com 32 dentes me confessar que lhe sobravam só sete ou seis, nunca contou.

— Eu abro então e o senhor tira com o alicate arrancando este nervo que me dói e tudo, e fico eu aqui sem pensar direito nas coisas com este molar e os vasos sanguíneos todos pro senhor me resolver. Se me dá uns bochechos de cachaça, ou se vamos no frio da carne mesmo, decida o Barão aí.

O frio da UTI.

Todas as UTIs são intensamente frias.

Por quê?

Bento recobrava de pouco em pouco a consciência, mas se fazia de ainda mal.

Queria entender bem o ambiente pra depois poder pintar.

Fazia isso de passar mal muito bem. E entrava naquela vertigem lúcida dele que era de se ver:

— Abra a boca dentes caninos, incisivos, presas, cúspides, frontais afiados em forma de cinzel!

— Abra a boca molar!

— Abra a boca canino!

— Abra a boca dente Nº13!

Como é frio o dente Nº 13, este incisivo lateral superior direito se estiver com algum mal de raiz. É cair a água fria ali e ele reage com mais frieza que é de se peidar.

— Abra a boca pré-molar!

— Abra a boca que a polpa abre a boca do dente pra poder se mostrar. A polpa brinca de se esconder no ventre de cada um dente que o ser humano traz.

— Abra a boca para que o molarzão da direita esmague.

E Bento abria a boca e se fazia de ainda mal.

Já, perspicaz, pensando se usaria óleo de linhaça ou terebintina na boca negra que iria plasmar.

— Abra a boca!

— Abra a boca! — ordenava o Barão ao Gildo, mas era bento que ordenava agora ao pobre do pobre que carregava o mundo nas costas.

— Abra a boca para que a espátula seja agora o alicate e raspe, raspe, raspe.

— Abra a boca que eu estou a te pintar numa tela que me custou caro, Gildão!

— Abra a boca e me mostre estas placas cinza-ardósia que você acumulou por nunca se escovar.

— Abra a boca e me dê esta cárie ocre para eu expressar numa tela e tua cárie ir parar em exposição de gente sem cárie.

— Abra a boca para os alimentos triturados e que desceram goela abaixo para a digestão geral em barriga jamba por fora e estômago róseo por dentro. E a sola dos pés brancas. E o olho esgazeado e de um preto forte e esmaltado e eu jogado numa cama de UTI.

Horário de visitas cronometrado.

Puta que o pariu.

— Abra a boca e me dê teus dentes frontais.

— Abra a boca para a estética da tua bochecha neste rosto afinadão seja esta cara eleita, este rosto escolhido com toda a estima por mim.

Sou um artista. Eu sou um pintor.

Sou um pintor e modelo é mesmo na minha visão o rosto sem dentes. O rosto que afina, definha, cria vinco, bem como era vincada a mandingueira de boa alma chamada Orazília do casacão dourado-escuro.

Fosse inverno, fosse verão usava o paletó masculino por ela mesma na cor dourado-escuro e com uns cotovelos em couro, cetim na imitação.

— Abra a boca e mostra o Céu.

Mostre o Céu da Boca das Menininhas do Céu.

As menininhas natimortas que nasceram ainda sem dentes e subiram aos céus.

Estarão as Menininhas do Céu com uma arcada boa, já formada, as mandíbulas de mulheres adultas e o que mais fazem no Céu além de ex-Menininhas do Céu serem?

Como as cobras cruzeiras, diz-se que o Diabo só tem os dentes caninos e menos de 32.

Bem menos.

Que o Diabo compensa a sua falta de dentes usando um arpão e que é por isso que nas figuras de todos os diabos há sempre com ele um arpão.

Desarmônico com o que ele é.

E o que mais combina com os dentes do Diabo são os seus próprios chifres.

O que combina realmente com o Diabo é o acabamento que o seu rabo tem.

Seu final de rabo é uma presa que nem se fosse um dente canino bem aqui no frontal.

Já pensou seres humanos com o final do rabo do Diabo assim bem na frente, se mostrando frontal??

Que beijo ardente seria ali.

Que beijo ardente seria o acabamento do rabo do Diabo, agora dente canino, a beijar como se beijam as cobras cruzeiras macho e fêmea quando querem fazer amor bem-feitinho ao natural.

Sexo.

E quase que a cobra macho tritura a cruzeira fêmea no seu copular.

Bento pensa que tudo isso já viu.

Mas não viu.

É só a sua miragem, agora miragem mesmo, que uma desconhecida venha lhe higienizar!!!

E seu pau avantajado, como esconder da pobre?

Ô, espécie de sabão perfumado e dissolvido por ser em pó que ela lhe besunta entre as pernas a tocar com naturalidade o seu pau ali.

UTI no frio murcha até pau grande.

Aquele banhar do seu corpo pelas duas moças era uma miragem em que Bento "abria a sua boca" subserviente, subserviente e humilde humanitário como nego Gildão.

— Abro a boca, que sou Gildo, e antes eu estava rindo, mas agora eu chorei. E fechei os olhos. E eu vi a visão de Nossa Senhora de Fátima e de Jacinto eu mesmo me batizei.

Eu era o Jacinto na Cova da Iria e o 4º Segredo de Fátima era exatamente este: que num dia de chuva torrencial e forte o mais cruel homem já visto haveria de arrancar os dentes de um humilde com as forças das próprias mãos e dos pés.

E que o banco era de um cinza desbotado, também tão humilde era o banco que o Gildo chegou a levantar a bunda do mesmo ao sentir o alicate lhe dilacerar os lábios na hora do puxão sem dó e rancor.

Suas havaianas caíram dos pés.

Uma pena.

Suas havaianas ficaram tristes e sem dono enquanto o Gildo até sorria na sua subserviência ao temerário Barão.

Bocheche!

Bocheche com esta garrafa da cachaça mais espúria, a cachaça mais turva e guardada, que não valia nem mais vender.

Era pra se jogar fora aquela cachaça passada e que aquela cachaça desgraçada ainda serviu para o seu bochechar.

E o Gildo bochechava.

E o Gildo quase se arriava com sacos de batatas nos ombros pra mais de 60 quilos.

E que o Gildo ainda mais se arriava com as sacas de arroz, de feijão, outros sacos de toda a forma de alimento e fermento e que o Bento mareado da surra imagina um saco cheio de mar na UTI.

Um saco de Oceano Atlântico nas costas do Gildo.

E o Bento mareado via um saco de dentes nos ombros do Gildo e o Gildo resvalando nas havaianas seguia em frente sem saber se chorava ou sorria conforme fosse inquirido pelo mais cruel dos cruéis.

O Ão. O torto. O incorreto.

O Ão que nem separava as sílabas daquele maldoso nome.

Como separar?

Era o "A" e o "O" do mal.

Não se separam.

Não se separam jamais.

É como o a cor verde-limão. Não é possível se separar.

Ela é verde e é limão.

Não tem como separar as sílabas ali, por mais que a mão force na pincelada, entre madrugada adentro é uma cor sem solução: indissolúvel à melhor terebintina, ao mais potente óleo de linhaça europeu.

VERDE-LIMÃO.

Que em arte pra nada presta.

Servem mais pra esses bordados de cinco velhas já semimortas e que nem vale a pena comentar seus crochês.

— Abram as bocas cinco velhas!

— Abra a boca. Abra a boca. Abra a boca. Abra a boca. Abra a boca!

Pronto.

Já se disse "abra a boca" cinco vezes, uma para cada uma delas que prosseguem seus crochês.

As velhas de bocas abertas a fazer bordados é a imagem mais próxima que a morte consegue nos antecipar.

Quanto ao mais, a indesejada sequer dá uma pista. A indesejada sequer nos belisca na hora de acordar pra não morrer.

A hora de acordar pra não morrer.

Eis esta boa síntese do que seja uma UTI.

— Abra a boca pra papinha das 11h, Bentinho!

A auxiliar de enfermagem então já chamava o amigo de Iberê Camargo de Bentinho?

— Abra a boca e coma, que aqui na UTI tudo é igual e não tem Iberê nenhum.

Por falar nisso. Quem é esse Iberê que o Bentinho tanto abre a boca dormindo pra chamar?

Abriu a boca?

Clamou de madrugada por Iberê?

E não chamou pela mãe?

A Soshanna se deslocando de Oaio pra ver o que tinha sobrado do negrinho dela e lhe contam que ele pergunta dormindo por um tal Iberê?

Quanta decepção para um coração de mãe!!

Que um coração de mãe só abre a boca, a sua boca cor cenoura de sangue, pra exalar amor.

Por que um coração de mãe não abre a boca num castanho-a-vermelhado?

Para a História da Arte contribuiriam bem mais.

Mãe nunca contribui com a História da Arte.

Pesquisem se além da Virgem Maria há por aí em tela uma outra mãe?

Amantes há em profusão.

Quase 1300 delas só em Picasso.

E que o Picasso dizia pra uma delas, a Dora Maar, não ria. Feche os olhos. Feche a boca se puder.

Em bordô a menstruação atrasada da Dora Maar na fase bordô de Picasso, que de quatro quadros não passou.

Mas, Cubismo.

Mas, menstruação.

Oóh, presença tão decantada, na expressão do Cubismo.

Já viram a tela?

Está no Museu do Prado em Madrid.

Ao lado há uma outra tela de Dora em lilás primavera e Dora com ar juvenil.

Amante e apaixonada por aquele gênio forte, forte, forte, se na miragem se diz de tudo, então deixem o Bento dizer: Picasso era um Ão!

A *Bocarra de Gildo* é um quadrão. Digno do Prado em Madrid.

Um quadralhão.

A sua *Bocarra de Gildo* seria um imenso quadro, não mais em madeira, mas em tela de tecido de linho da melhor.

Um bocarrão, num ótimo acerto, escuro e profundo.

Um telão sem Menininhas do Céu da Boca.

Um bocão todo em tinta preta úmida em seus vários tons e só.

Bento usou e abusou das bisnagas de tinta preta, que dissolvia e dissolvia em terebintina madrugadas adentro.

Tudo negro. Boca aberta e negra.

Quase um paredão. Coerente na sua disposição vertical: 8 metros de altura por 4 de largura, lá e cá.

Uma impossibilidade achar tal tela. E a tela providenciou às duras custas com um fornecedor de Eberlândia, que sabe-se lá onde buscou.

E agora estava ali.

Pronta.

Acabada.

É uma brutal expressão daquele "abra a boca' que ouviu em sua Oaio numa tarde de chuva lá atrás. E foi quando o mal baixou à terra junto com a triste chuva do Céu de Deus.

ÓLEO SOBRE **PRANCHA** 5

Palavra que isso é verdade: Iberê convidou, em seis meses, duas ou três vezes para que Bento ingressasse no seu *Ateliê de Gravura*, o espaço que o pintor implantou na parte inferior do seu ateliê principal no Morro Nonoai.

Através de um amigo comum, Iberê Camargo, já na fase final de sua vida, fora generoso e receberia Bento para uma conversa e um café.

E quando conheceu Iberê, Bento lhe mostrou como uma espécie de salvo-conduto para estar ali, as fotos de suas pranchas. Fotos terríveis. A madeira fotografada sempre resultando plana e sem vida, muito inferior a qualquer figuração muquirana ilustrativa, mas apresentada como *Oil on Canvas*.

Iberê, descansado em sua cadeira de assento de pano preto, daquelas típicas de diretores de cinema, cofiou um imaginário cavanhaque e com a outra mão trazia as fotografias a um ângulo especial dos seus olhos.

— E a dimensão?

— Oito de comprimento por quatro — respondeu-lhe Bento.

— Que prodígio — disse o velho pintor ao se deter no *Castrado*. E arrematou:

— Volte pra tela. Você é muito bom pra ficar pintando em madeira. É arte menor!

A observação era um espanto para quem o conhecera a menos de uma hora e um café no canto do ateliê, onde Iberê mantinha a cadeira de lona e descansava nas suas madrugadas de bufos, febre e suor.

E foram então seis meses de intensa convivência, de muitas conversas, piadas, risadas e as reclamações do pintor já tomado de um câncer no estômago.

Iberê pintava também quadralhões, telas que não passavam em portas, "telas pra só holandês comprar".

— O prefeito esteve aqui. Coitado. Nada tem o que fazer — contou a Bento.

E o velho bruxo, naquilo que chamava *Fase Síntese,* trabalhava sofregamente nas madrugadas em quadros verdadeiramente gigantes e que o Brasil jamais iria comprar.

E nem queria vender. Estava mais era organizando suas gavetas e memórias em sua reta final.

Pintava de madrugada e se queixava pelas manhãs sem dormir que lhe haviam roubado a "Luz de Deus".

— Ah, seu avô é engenheiro?!

— Engenheiro Hidráulico, mas agora fica mais por casa fazendo as invenções malucas dele.

— Eu precisava de um homem assim — disse Iberê. — Veja o que estes idiotas fizeram. Pedi para abrirem uma claraboia no teto, eu precisava mais a luz do dia, e abrem o buraco pro lado do sol da tarde, puta que o pariu. Prefiro pintar à noite com a luz artificial.

Teto de concreto, não havia como remendar. E Iberê, talvez, possivelmente para não se irritar e agravar a enfermidade do estômago, passara a frequentar mais o *Ateliê de Gravura.*

Nos seis meses em que frequentou por lá, Bento fora convidado, pura verdade, fora convidado por duas ou três vezes para que ingressasse de fato no ateliê.

Permanecesse em Porto Alegre.

Iberê dizia que Bento aceitasse as noções de como lidar com o buril nas chapas de aço. Aprendesse com ele, Iberê, a escolher o melhor verniz. Estudasse num velho manual que lhe alcançaria a misturar aquela produtama química que o maior artista plástico brasileiro de todos os tempos tão bem sabia manipular.

Fizesse cópias.

Ah, não!

Sacal.

A gravura em chapas envolvia terceiros, quartas pessoas.

Certa manhã, foi a vez de Bento então lhe espantar.

— Não gosto de trabalho que envolva outro. O outro só vem pra te infernizar. O outro, para Schopenhauer, era a sua fiel cachorra Atma. Eu sou um solitário. Prefiro a companhia de uma Atma ao trabalho em equipe — ponderou a um Iberê que o encarava nos olhos.

— E você, por acaso, leu Schopenhauer?

— Li. Sim, senhor. Li.

E Iberê lhe disse que "também".

A despedida foi quase melancólica, com os três de costas para uma fresta do Rio Guaíba que se via do Nonoai.

No portão, abraçou Iberê forte. E Iberê também forte retribuiu.

E, por gentileza e carinho, abraçou Dona Maria por último.

Dona Maria.

Aos olhos de Bento, Maria era para Iberê o Ringo Starr para os Beatles.

E se foi sem olhar pra trás na ladeirinha abaixo que encimava a casa e o ateliê do Velho Bruxo.

Bruxo também era o Serge Gainsbourg. Feio, esquelético, sem atração física alguma, conquistou Brigitte Bardot no auge da meteórica ascensão no mundo do cinema e no esplendor de seu corpo jamais, jamais feito outro igual.

Sequer Soshanna quando jovem se igualava em beleza à Brigitte Bardot.

B. B. estava em Búzios, nua, com aquela pentelhama que, desnuda, surpreendera o Brasil, quando Euclid Obetz fez aquela cagada de engravidar a doméstica da casa, a Honira com Agá.

E Honira com Agá, leitora de revistinhas de fama e merda, encontrará ali o nome que escolheria para o seu futuro bebê, caso nascesse mulher: Brigitte Bardot.

B. B. agora era fotógrafa no principal jornal de Eberlândia — Editoria de Polícia — e fora literalmente "arrastada" pelas colegas da seção de Cultura àquela exposição num boteco, que era mais pretexto para vinho e ameixinhas por cima do bacardi, da vodka, do uísque, para disfarçar o teor nuclear das doses e poções.

Penumbra.

— O cara é da tua terra! E você tem de ver. Hummmmmm!!!

Foi. Decidiu. Iria. Não sabia o porquê?

Iria.

Bento e B.B. assim se conheceram. E farão muitas coisas juntos nos seis meses seguintes.

Na tela *Initials B. B.,* Bento Gioacchino decidiu em reduzir ao mínimo sua paleta de cores.

O lençol em que se estende Brigitte nua é de um branco, branco-branco escorrido, lavado, e o que era o moreno da pele da sua modelo agora logo ganharia fortes pinceladas de um azul-ocre, sem brilho, um azul triste e fortalecido pelas camadas deste mesmo azul preparado, em uma, duas, três camadas nas coxas, nos seios, e passando de uma dezena a pincelada no ventre que se exibe na tela: o azul-ocre ganhando um tom terroso preferencial, um jogo de escuro para a base da vagina da mulher.

Há um túnel sem fundo ali.

E Bento quer que a base da tela seja mesmo essa escancarada intimidade sem tender ao baixo corporal.

A limitação cromática que resuma o entorno daquela vagina, só o branco lavado e o azul gosmento, agora lança Bento a pensar em Picasso, no Cubismo, mais exatamente em Fernand Léger, e mesmo às "visitas práticas" ao ateliê de Iberê.

Bento Gioacchino lembra que Iberê fez de um vermelho-brasa o carvão do trem de sua infância.

E lembra que o ventre que o gerou recebeu candidamente um pênis negro, e nesta singularidade íntima é que ele mergulha e se lança com um nem estou aqui perante a amada fotógrafa que agora é modelo.

Há uma tela que já existe e há um homem fora de si.

Brigitte entra em pânico diante de tal visão.

O rosto do seu Bento está crispado. O rosto de Bento parece estar incorporado dos vincos dos dedos murchos e secos e afinados, como os dedos de grandes ratos que são os dedos de seu pai: Mario Clemêncio Crescêncio.

A moça dispara nua pelo quarto que serve de ateliê, atravessa o corredor e vai bater espantada na porta da vizinha do apartamento em frente.

As duas concluem que Bento Gioacchino está em transe e pode representar até mesmo um perigo para a integridade física de B. B.

Indiferente ao que se passa por ali, Bento tão-somente se preocupa com um *fundamento* final, no qual gastará a madrugada inteira até o amanhecer.

Arrependera-se do azul-ocre.

Lavara todos os pincéis e preparou na paleta uma mistura de azul que ficasse apenas azul-gelo.

Claro, tão óbvio, concluiu: acertei a mão no branco escorregadiço e o azul-gelo tem de ser a preponderância do azul.

E como é difícil desfazer a tela pronta sem ter de acabá-la a retalhos de gilete ou navalha! Ah, como é. Caso desista da navalha, do bisturi que guarda em casa, então que se atravesse a noite.

A noite mais escura que já houve em todas as noites do mundo é a tela *A Mascarada de Oaio.*

Nela, baseado na burra crença de sua terra, onde se dizia que uma mulher de negro aparecia na praça montada num cavalo branco sem o rosto mostrar, de novo pintará conduzido pela mão de Arthur Schopenhauer.

Será um retrato medíocre, um lugar-comum, uma asnice, que Bento fizesse uma tela reles daquela imaginação de seus conterrâneos anacoretas e imbecis.

Teria novamente, e como sempre, sempre, transfigurar.

Nada de emoção, de saudade, de melancolia de Oaio do Sul.

Agora é a vez de ajustar ainda com mais força grotesca o seu punho e gritar: Urrrrrrraaaaaaá!

Tela em branco e Bento. Muhammad Ali no centro do ringue.

Limpa o nariz com o dorso da mão, funga e refunga, abre as pernas e traz a paleta com as tintas na mão esquerda espalmada e o pincel como uma faca de matar porco a enfiando com força na jugular para aquele "óiiiiinnnnnnnnnnnnnnnnnnnnn" da morte já vinda e de vida que resta no porco ou porca então.

Aprendeu esse gesto da faca no pescoço dos porcos em Oaio e isso o marcou. E agora, "óiiiiiiiiiiinnnnnnnnnnnnnnnnnnnnnnn".

Urrrra!

Toma a totalidade do quadro que traz em si uma peculiaridade. Tão negra é a noite, que intentara fazer uma tela sem perspectiva de fundo nenhum, de um fundo inútil ao porco já morto e que insiste em dizer de si a dor.

Sem perspectiva, portanto, diante de tal escuridão. É um cromatismo de negro e cinza escuro e grená torrado de desbotamento e azul fervido e quente, soterrados pelo preto, Deus maior. A doce máscara que esconde o rosto é tomada desta sua servidão ao negro, ao escuro-escuro, à noite, à escuridão.

E do fundo desta noite maior e interminável do mundo, em que tudo é escuro e nenhum ventre haverá de parir, os olhos azuis faíscam e faíscam daquele azul fervido com tão boa mão.

Bento já tem o rosto. Acima o rosto.

Abaixo, o cavalo. E aplicará ao cavalo a mesma técnica, a mesma força brutal, a mesma perdição que empregou no branco de uma tela atrás em que plasmou um lençol. O cavalo tem o corpo de um branco escorregadiço (ele aprovou em si aquele branco, gostou) e suas clinas são um pouco mais abastadas, mais substanciosas, é um branco que deixa de escorrer e coagula ali.

E lhe vem de novo à mente no momento das clinas a superposição de tinta, tubos e gomas e gomas de tinta gastas e quase o levando à falência num *fundamento* só: branco sobreposto ao branco, sobreposto ao branco, sobreposto ao branco, sobreposto ao branco. E neste jogo de branco com branco e sobre o branco, Bento chegará à clina seminal.

E as clinas que alcança só se comparam àquela mão que acena em desespero e esperança para o mar e num mar que não há ninguém.

É da *Balsa de Medusa,* de Théodroe Géricault que agora lembra.

E lembra de Arthur Schopenhauer e lembra de Iberê.

Não pinta por pintar.

Sabe onde está mergulhando e afastem dali qualquer rede, deixem ele se jogar do trapézio sem redes, deixem se jogar em direção ao chão.

Azul, ocre, gelo, o grená, vermelho-ardente (brasa, espesso) o marrom-terroso e um "preto-úmido". E muita oleosidade no rosto do rosto morto. Do corpo estendido na pura tábua sem caixão. Na sola dos pés amareladas (num afogado não se calçam sapatos, a Esina, Calula viúva, determinou).

É a tela *Veloriana,* o pré-sepulto de seu amado tio Cadega, o afogado no mar.

E Bento Gioacchino, de memória, era tão pequeno, tão nada quando àquela cena tão intimista e sentimental daquela tradição dos negros ele se ajuntou.

Era o momento só dos homens velarem o homem da hora morto na família da Maria Amara escrava liberta.

Na sua memória ele pesquisa.

Bento Gioacchino tem um deliberado ódio pelo que se chama inspiração, ou, pior, "escolha pessoal".

Detesta tais termos.

É um homem que lê, se prepara, pesquisa na sua memória as tintas que se encravem à tela final.

Sempre será a tela final.

Sempre será a última.

Sempre será uma expiação.

Urrrrrra!

Há um brilho naquele velório, naquela tela fúnebre sem ser.

Esta pintura traz luz — isso, sim, *escolhida* e *refletida* nas manhãs de seu ateliê — que joga com o claro-escuro, nas faces sombrias, nos realces tristes, no crepúsculo que anuncia antes de o corpo sem caixão de tábua numa cova se jogar.

É uma luz com um tom sombrio que predomina e isto ela arranca do coração de cada irmão, filhos e netos do Cadega estirado ali.

O Cadega com um manto marrom-terroso por cima de seu corpo ainda inchado da água salgada e feridenta em seus pulmões que já não sabem o ar.

Tudo em *Veloriana* tem um tom quente e bem-ajustado.

Agora, na exceção que abre para um radical figurativo (ele desenha os rostos de nariz esparramado e achatados dos negros e seus grossos lábios e suas mãos de veias salientes), Gioacchino sai para salvar na tela uma tonalidade que é coisa do coração de Soshanna de Turim, sua mãe.

E ele assume então um tratamento muito interessante para a distribuição dessas figuras: Cadega não está mais na cabeceira da mesa de sua casa num sábado à noite para uma session de jazz, blues e samba de raiz.

Mas Cadega está!

E a disposição de tão-somente homens, naquele "Hora dos Homens" ficarem com o sangue deles num instante final.

É o sangue, é o vermelho-brasa, é o marrom-pegajoso, é o grená-rugoso, uma mancha de dourado-marrom bem ao fundo da tela no Demétrio que aparece com o seu contrabaixo aconchegado no coração.

É um conjunto musical que cerca o morto. E ele pinta a música para o morto.

A sinfonia que dali surge por entre os seus dedos e que concede ao figurativo e até mesmo uma perspectiva de fundo, é um outro quadro de elementos da cultura africana mãe.

Mas, e o centro de tal conjunção que busca, a conjunção de música, amor e pintura, onde está?

Está exemplarmente resolvida na figura do cadáver.

Cadega com seu corpo arroxeado, estufado de mar, o branco da sola dos pés e o azul dos dedos a debulhar a guitarra, querendo mais metal.

Urrrrra!

E o filho Ovídio aparece na tela com um paletó desbotado e com um sombreado nos olhos, olhos esfumaçados, olhos já se acostumando nessa hora de lágrima da despedida do pai.

O irmão idoso, Seu Clemêncio, de paletó negro e gravata roxa, a camisa azul-celeste, os dedos murchos, secos, finos de um tom amarelado genialmente só por baixo a solar seu violão de sete cordas brilhosas e faiscantes como os olhos do Diabo quando se vira em Deus como provação.

Que o Diabo por ser Diabo até em Deus se transforma e o Diabo, por isso, se acha bem melhor que Deus.

Há que se acreditar.

Schopenhauer nunca disse isso, mas devia dizer ao aconchegar o pescoço peludo da sua negra cachorra Atma.

Atma era fêmea, mas era o Diabo que Schopenhauer prendia entre as pernas com carinho e amor.

Schopenhauer deixou de dizer muitas coisas. Mas na tela Seu Clemêncio diz e é uma forma do Seu Clemêncio dizer: já vão, podem ir. Que eu ainda só é só mais um pouco vou indo atrás.

Gênio. Jazz. Jazz caseiro. Ouvido a quatro, cinco quadras de Oaio, mas só pra família deles ali, agora, neste instante, instante interminável do morto, do cadáver, do féretro, que a gente não quer que termine.

E o Seu Mario Clemêncio ainda um pouco impertinente neste instante terrível, porque não podia levar nas cordas o balanceado que ele fazia mesmo sentado assim com os dois pés.

E o Ovídio já deixava o trompete pela flauta e enchia de raiva e graça naquela divagação melódica que introduziu ali por cima da guitarra a zoar.

Seu Mario Clemêncio ajeita o palito de fósforo nos trastes das cordas frouxas.

O Ovídio na flauta já viajando e o Seu Mario Clemêncio parecendo que vai levar seis horas para fazer algo igual.

Mas são só 21h.

Temos muito, muito, e ele pode alcançar com seu jeito de guri.

Isto é Bento Gioacchino Morinni Crescêncio.

A dita exposição de arte pública que para ele é uma música íntima e tão-só.

Nada era muito proibido dizia o Cadega.

Improvisassem a melodia, vivessem os nervos que aflorassem, mas não me errassem uma única nota, pelo amor de Deus.

Pooommmm. Pompom azul.

Poommmm. Pommm amarelo.

Pomturdun. Pôdurundum violeta!

Tudum. Tudum. Tudum cor de colibri.

Turundum, lírio desabrochando em pleno sol!

Olha só o contrabaixo lá atrás, discreto, afastado, o filho Demétrio com uma espécie de longa casaca de veludo marrom fofo e balofo nos entrecós.

Cheio de rugosidade na altura do peito onde aconchega o contrabaixo triste no seu coração mais triste então.

Triste e polido, de uma dignidade diante da morte que é o Diabo no corpo de Deus.

O Demétrio no contrabaixo amarelado, tomado por alguma divindade dos negros.

O Demétrio de olhos fechados, muito concentrado, mostrando o Céu da Boca a solar.

Não há mulheres presentes na tela já se disse.

É a hora dos homens, na tradição deles. Somente aos homens cabe um instante velar o outro homem da casa que venha a morrer.

Ao Cair do Pano é uma tela-instalação, paradoxalmente, de Gioacchino para ficar bem ao centro de sua nova exposição, cercada de seus quadros mais atuais.

Trata-se de uma lona enorme em lugar de tela, uma lona amarela desbotada na qual trabalhou por madrugadas e madrugadas a fio.

No pano lonado criou um jogo de claro-escuro para dizer que os dados já foram jogados: o azul-ocre de novo, o grená-sombreado de novo, o vermelho-ardente de novo e um tom de marrom naquela lona rude que se desprende do teto que parece ser o céu que se abaixou para o centro da sala então.

Ao visitante, no rodapé da instalação, há um alça que ele deve pegar para levantar a lona e...

Surge a cabeça de um leão baio empalhado. Uma cabeçorra que quase alcança o teto da galeria.

É a cabeçorra de um velho puma.

É a cabeçorra de um amarelão só alcançado com lágrimas sinceras borrando o amarelo original com que recobriu a empalhação.

E a cabeçorra é de metal. Aço. Um leão baio forjado em metalúrgica, com soldas e esguichos de faíscas vermelho fogo e brasão.

O *valor* (expressão que lhe é tão cara) entre o amarelo de sua paleta e o soldador idiota que só se esmerava em soldar e não ser artista pelo menos uma vez, acabou em calorosa discussão, chegaram mesmo às vias de fato.

Naquela grandiosa metalúrgica de Eberlândia Bento bradou e urrou e se disse vítima, como filho de Oaio, daquela engrenagem de facínoras, que lhes tiraram os pés da terra natal, que tiraram as almas de todos os seus irmãos de Oaio.

Aquela engrenagem de homens sem caráter e nem coração, corações e mentes sombrias, frias, gélidas, movidas pela America, movidas pela America nem que pra isso tivessem de se cagar em público, nem que para isso devessem adorar ao dólar como se adora Jesus Cristo Nosso Senhor.

— Senhores, eu vi. Senhores, eu ainda criança vi o mais tétrico e desumano ato que um cara é capaz de cometer. Eu vi um homem de joelhos, o homem mais poderoso da minha terra, eu vi, eu era criança mas lembro, eu vi o homem que já foi O HOMEM DO ANO se ajoelhar e começar a lamber uma nota de 1 dólar. Eu vi! E eu, na minha inocência de criança, pedia a Deus clemência e pedia a Deus que ele não dissesse ali ao lamber o dólar, "Oaio!". Eu pedia a Deus que aquele homem a lamber a nota de 1 dólar aos prantos não fizesse eu gritar a frase que ainda ouvi do meu velho pai:

"Não diga Oaio chorando!"

Conta-se que, numa famosa metalúrgica de Eberlândia, Bento saiu mesmo a socos com o soldador, por acaso, um soldador com avô ainda vivendo em Oaio do Sul.

Para Bento, aquela noite de serão na metalúrgica lhe bastou. Saiu de lá desencantado e decidido. O puma em aço e metal era o fim. Era tudo.

Bento saiu da metalúrgica, em plena madrugada, sentindo que em sua testa começava a crescer um ovo por uma porrada levada.

Seres humanos não haveria mais em sua instalação. Decidia e fim.

Não haveria a concretização de sua ideia inicial de colocar a avó Maria Amara, escrava liberta, par a par com o leão. A velha negra também em aço.

Mas, o punho fechado, o soco covarde que recebeu em plena face, lhe bastava.

A instalação acabava ali.

E num site de Crítica da Arte de Eberlândia, do topo da tela, escorria veneno puro na abertura da exposição depois.

O crítico apontava a "ideia fora de lugar" na pretensão de "causar estranhamento", naquela instalação deslocada das telas.

Para o crítico, aquela instalação, "absoluta certeza", estava inacabada. Fora feita às pressas num lance de marketing do "esforçado pintor", filho de Oaio.

O detalhe era esse filho de Oaio. Sequer de Eberlândia era.

Aquilo ficou como uma indireta soando nos ouvidos de Bento ao ler o texto vituperino. Aquilo, para o seu juízo, era uma espécie cínica de "rebaixamento".

E, para seu espanto, o mesmo crítico, rodeado de colegas de jornal, aparecera na abertura da exposição.

Tomaram vinho em taças e ficaram, sem cerimônia alguma, todos eles muito à vontade.

Os amigos do crítico chegaram mesmo a pegar a alça e levantar a lona desbotada daquele marrom-terroso, profundo e pobre.

Logo saíram.

Em turma, atravessavam a praça de Eberlândia, onde ficava a principal galeria da cidade.

E foram alcançados por um Bento Gioacchino bêbado, esbaforido, já sem paletó e mangas arregaçadas, que se dirigiu direto ao crítico.

— O que é que você tem contra mim? — perguntou ofensivamente.

— Pessoalmente, nada — respondeu-lhe o crítico calmamente.

E Bento então lhe desfere um soco no rosto, na altura do olho. O crítico sente a pancada e tonteia para trás.

E é quando outros três colegas, jornalistas, repórteres, fotógrafos, Bento não lembra, partiram pra cima em revide.

O episódio restaria com Bento jogado ao chão sem sentidos, não fosse a rádio mais chulé de Eberlândia, a única que deu a notícia, ter lascado ainda bem cedo:

— JORNALISTAS, CRÍTICOS COM DOUTORADO E ATÉ UM FILÓSOFO SE PEGARAM NO PAU ESTA NOITE NA FRENTE DA CASA DA CULTURA COM UM TAL DE BENTO GIOACCHINO.

E prosseguia no programete de *set list* musical mediocríssimo, porém, o mais ouvido de Eberlândia:

— TUDO GENTE CIVILIZADA, COMO SE DIZ— ironizou.

E concluiu:

— ESTE MUNDO TÁ PERDIDO MESMO!

Brigitte está extremamente nervosa. Soshanna está vindo de Oaio e faltam ainda 15 minutos para que ela possa entrar na Unidade para só agora ver o Bento.

Soshanna chega e logo deduz que B. B. é a B. B.

Se aproxima gentil na recepção da UTI.

— Querida. Conheci teu pai Euclid. Tua mãe, ora, tua mãe ainda está por lá.

— Eu de vez em quando vou...

— Parentes de Bento Gioacchino — diz uma voz melodiosa vindo da porta de entrada da UTI.

Brigitte, com sensibilidade, concede prioridade à mãe.

E, mais tranquila, aceita o roupão e uma espécie de pantufas de pano que lhe alcançam para depois poder entrar.

Não há tempo. Os 15 minutos de visita foram divididos entre as duas e, quando Soshanna sai da UTI, é a vez de Brigitte ver seu Bento.

— Desculpe que foi uma correria aqui. Até o banho atrasamos, mas veja como ele está bem melhor — lhe diz uma auxiliar de enfermagem, jovem, bonita, esbelta.

Banho??

Então aquelas duas garotas tinham ensaboado o seu corpo cor de jambo, o peito musculoso de Bento. Elas tinham banhado o seu corpo inteiro?!

Agora era B. B. que estava em transe dentro da UTI.

E pensa e cria imagens imediatas para si:

"E será que se demoram um pouco mais na higiene da intimidade dele, aquela intimidade que era só dela?"

Apenas impressão, ou sua intuição, sempre tão certeira, lhe respondia com um sonoro, "sim".

Sim. Se demoraram um pouco mais na higiene daquele pênis que, quando duro, mede 19,5cm, quase 20cm, ele mediu.

E Brigitte lhe diz:

— Não vai dar!

—Ah, more!

E Brigitte lhe beijou com suavidade e lhe acariciando com mais carinho o pau lhe disse.

— Não vai dar. Eu não vou aguentar. É muito grande.

E Bento então balbuciou ao seu ouvido à meia-luz violeta do quarto, que emprestava àquele seu sussurro um silêncio muito digno.

—Diga, B. B. Repita comigo B. B:

O caule verde afinado da angélica cor de quase sol após o eclipse.

O caule azul-céu do copo-de-leite alvo em seu matiz.

O caule espreteado do antúrio vermelho de carmim.

O caule amarelo do trigo amarelo.

O caule violeta do figo espetado na galharia da figueira.

O caule que se funde ramo da esporinha escura-rosa e puxando para um verde-lavado na sua bucetinha no parecer.

O caule da Love Apple manchado de vermelho-castanho, mas menos castanho que o avermelhar que há.

O caule da ervilha.

O caule castanho-claro do jacinto.

O caule âmbar da de qualquer flor inominada.

O caulezinho esverdeadinho da laranja madura a se suportar num ventão.

O caule verde-militar da flor de viúva violeta.

The peach. O caule verde-manchado de vermelho do pessegueiro de Dona Tereza Poli.

O caule da ameixa.

O caule do lírio.

Repita Brigitte Bardot.

— Caule. Teu tiche, Bentinho meu!

Mas Brigitte disse:

— Tu me ama?

— Eu te amo, amor! — disse Bento.

— Como? — quis saber B. B.

— Como tinta preferida — sussurrou em seu ouvido Bento Gioacchino.

E, flor desabrochando, Brigitte abriu-se e ofereceu a mais límpida rosa entreaberta.

Bento a penetrou com cuidado.

E lembrou o pai, da cabeçorra do pau grande do pai que a lenda contava, das gemadas de Oaio, das gemadas de Oaio, das gemadas de Oaio.

E Brigitte Bardot sussurrou, então, ardendo em dor e suor.

Este livro foi impresso em papel pólen 90g/m², tipologia Crimson 11/16, no inverno de 2018.